iGN
CETTE
Si J'

LE BESTIOLE !!
OIS C'EN EST TROP !
TRAPE CE SALE CHAT
E ... !

BEAU
UNE B
DE T
D'U

RAVAIL, FÉLIX _ C'ÉTAIT
NNE IDÉE DE DISPOSER
S NEUF VIES COMME
NEUF DE PIQUE _ À MOI
DE JOUER, MAINTENANT !

HÉ, HÉ ! J'AI LA LUNE
TERRAIN DE JEU _ P
N'EST-CE PAS ?

POUR
MAL

JE VOUS DIS QUE C'EST DRÔLEMENT FACILE VOUS EN POUSSEZ UNE ET IL VOUS DONNE À MANGER !
C'EST VR

Née en 1961, Laurence Bobis a fait des études de lettres classiques à l'université d'Aix-en-Provence. Elle s'est ensuite tournée vers l'histoire et la littérature latine du Moyen Age et a choisi de s'intéresser plus particulièrement au monde animal. Ancienne élève de l'Ecole nationale des Chartes – elle y a soutenu une thèse sur l'histoire du chat dans l'Occident médiéval–, elle est à présent conservatrice au Cabinet des médailles de la Bibliothèque nationale, où elle est chargée des monnaies médiévales.

A Balthazar.

1er dépôt légal : février 1991
Dépôt légal : août 1999
Numéro d'édition : 92295
ISBN : 2-07-53126-0
Imprimerie Kapp Lahure
Jombart, à Évreux

LES NEUF VIES DU CHAT

Laurence Bobis

DÉCOUVERTES GALLIMARD
HISTOIRES NATURELLES

« Dieu a fait le chat pour donner à l'homme le plaisir de caresser le tigre», disait Joseph Méry en observant le chat de Victor Hugo. Et certes, à la différence du chien en qui le loup ne se reconnaît plus guère, le chat a toujours fasciné par l'air de parenté qu'il garde avec ses cousins sauvages. Bien plus : du chat à la panthère, le comportement n'est pas si différent puisque le chat domestique peut encore quitter ses coussins pour redevenir, comme elle, un prédateur redoutable.

CHAPITRE PREMIER
LE MONDE DES CHATS

Comme les grands félins, le chat domestique pratique la chasse à l'affût avant de bondir sur sa proie : il peut l'épier plusieurs heures, dans une parfaite immobilité.

Tous les carnivores ont un lointain ancêtre commun, le miacis

Vivant environ quarante millions d'années avant notre ère, à l'éocène, les miacidés, carnivores de la taille des belettes, sont à l'origine d'animaux aussi différents que le loup, l'ours, la hyène, le raton laveur ou le chat. L'installation d'un climat tempéré et la mise en place de cycles saisonniers entraînèrent une diversification croissante et une adaptation progressive des mammifères. Encore primitifs à l'éocène, les mammifères du miocène, il y a dix millions d'années, sont très proches des nôtres et constituent la souche de presque toutes les familles actuelles. C'est alors qu'apparaît définitivement constituée la famille des *Felidæ*, à laquelle appartient le chat. En revanche, au début du quaternaire, s'éteignent leurs proches parents, les machairodontes, chats à dents de sabre dont le smilodon est le plus fameux représentant. Ils auraient disparu en même

Grâce à leurs canines acérées, longues de 15 centimètres, les tigres à dents de sabre pouvaient attaquer et tuer des herbivores massifs aux lents déplacements. Mais le réchauffement du climat entraîna l'extinction progressive des mammouths et de leurs congénères : les chats géants furent incapables d'affronter des proies de plus en plus petites et rapides dont les ancêtres de nos grands félins étaient, en revanche, les prédateurs les mieux adaptés.

temps que leurs proies de prédilection, les grands mammifères à peau épaisse, tels les mammouths.

Dans la jungle des classifications zoologiques, le chat domestique a eu du mal à se faire une place

Au sein de la grande classe des mammifères, l'ordre des carnivores, qui se nourrissent de chair crue, regroupe les pinnipèdes (otaries, phoques...) et les fissipèdes, caractérisés par la forme de leurs pieds divisés en plusieurs doigts et organisés en plusieurs familles. Celle des *Felidæ* présente une grande cohérence : les carnivores qui la composent ont la tête ronde, la face courte, une formule dentaire typique; munis de trois doigts au membre antérieur et de quatre au postérieur, ils sont pourvus de griffes rétractiles. Ce sont des solitaires et, surtout, des chasseurs d'élite. De tous les carnivores, ce sont certainement les mieux adaptés à saisir et à dévorer leurs proies. La famille des félidés compte trois genres, groupant un nombre variable d'espèces. Le guépard est l'unique représentant du genre *Acinonyx* : ce remarquable coureur – sa vitesse de pointe est de 104 à 112 kilomètres par heure – vit en Afrique, en Asie Mineure et en Inde. A la différence de beaucoup de félins, irréductiblement sauvages, son caractère doux le rend facilement apprivoisable. Il se distingue aussi des autres félidés par ses griffes non rétractiles.
Le genre *Panthera* groupe les espèces de grande taille les plus connues : le lion et le léopard se rencontrent aussi bien en Afrique qu'en Asie; le tigre, en

Les mouvements de la queue, les expressions faciales permettent aux félins de manifester toute une gamme d'attitudes. Les oreilles droites, la queue sagement enroulée autour de lui, le chat est au repos.

Plaqué au sol, les oreilles rejetées en arrière, crachant, le chat – tout comme la panthère – adopte une attitude défensive caractéristique lorsqu'il fait l'objet d'une agression. Quand il attaque, au contraire, il se dresse le plus haut possible sur ses pattes et s'efforce de mordre son adversaire, de préférence à la nuque.

revanche, est limité au continent asiatique; le jaguar, puissant félin au pelage semé de rosettes, hante le Nouveau Monde. S'y ajoutent la panthère des neiges (Himalaya et Tibet) et la panthère longibande (Asie du Sud-Est, Java, Sumatra, Bornéo). Le troisième genre est constitué par les *Felis*.

Le genre *Felis* groupe de nombreuses espèces de félidés de moyenne et de petite taille, au pelage uniforme, tacheté ou rayé

Les lynx, reconnaissables aux touffes de poils qui ornent leurs oreilles, se rencontrent sur trois continents; seul le lynx pardelle est propre à l'Europe : quelques rares spécimens de ce petit lynx habitent encore les forêts ibériques. Le caracal – dont les oreilles surmontées d'un fin plumet rappellent celles du lynx –, le petit chat des sables *(Felis margarita)* et le chat des marais *(Felis chaus)* fréquentent aussi bien l'Afrique que l'Asie.

Plusieurs chats sont exclusivement asiatiques. Parmi eux, le chat viverrin ou chat pêcheur, le manul et le chat orné, qui ressemble beaucoup au chat domestique.

Le continent africain abrite le chat doré, le chat à pieds noirs qui est le plus petit des chats sauvages, le serval, aux longues oreilles, le chaus et enfin le chat d'Afrique, appelé aussi chat ganté *(Felis libyca)*. L'habitat du *Felis sylvestris* ou chat sauvage européen, contrairement à ce que son nom paraît indiquer, s'étend de l'Europe de l'Ouest à l'Asie.

De nombreuses espèces vivent sur le continent américain, notamment le chat de Geoffroy, le margay,

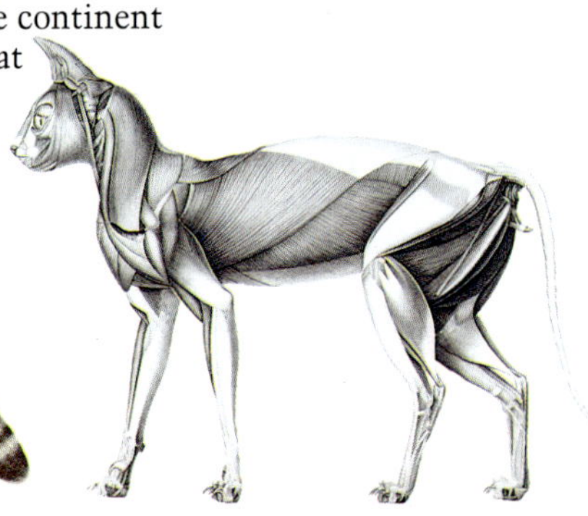

Le chat sauvage ou forestier est un solitaire qui chasse, de préférence au crépuscule et parfois à l'aube, les rongeurs, les oiseaux, les écureuils, les lapins et même les petits cervidés. En règle générale, plus massif que son homologue domestique – dont certains spécimens peuvent néanmoins atteindre une taille et un poids respectables! –, il possède une fourrure plus épaisse, beige sur les flancs, foncée sur le dos et très claire sur le ventre. Quatre ou cinq rayures partent du sommet du crâne pour atteindre l'extrémité de la queue, touffue et courte. Des bandes transversales courent sur son pelage. On compte jusqu'à six sous-espèces bien localisées, comme le *Felis sylvestris grampia* d'Ecosse, le *Felis sylvestris tartesia* du sud de l'Espagne, le *Felis sylvestris euxinia* de Roumanie.

l'ocelot, le jaguarondi et le puma, dont le nom est emprunté au quechua, la langue des Incas.

Le chat domestique, à l'instar du lion ou du tigre, forme une espèce à part entière

Les zoologistes regroupent dans une unique espèce des animaux susceptibles de produire des petits qui pourront eux-mêmes fournir une descendance. On a longtemps cru que les chats harets, chats domestiques retournés à l'état sauvage, retrouvaient dans les bois leurs congénères des forêts et s'unissaient à eux sans répugnance. «Le chat sauvage, affirmait Buffon, produit avec le chat domestique, et tous deux ne font par conséquent qu'une seule et même espèce.»

Les grands chats

Le puma, *Felis concolor* (page de gauche), et le jaguar, *Felis onca* (ci-dessus), deux chats du continent américain, pèsent entre 50 et 100 kilos. Le léopard (ci-contre), de plus petite taille (de 35 à 60 kilos), est appelé «panthère» en Asie. On croyait au Moyen Age que cet animal était le fruit des amours du lion *(leo)* et de la panthère *(pardus)*, exaltée par les bestiaires pour la beauté de sa voix et la suavité de son haleine qui poussaient tous les animaux à la suivre.

Portraits de famille

Le serval (en haut, à gauche), bon nageur, vit en savane, près des cours d'eau. Haut sur les pattes, il peuple une large partie de l'Afrique, de l'Algérie au Cap. Parmi les rares félidés d'Europe, où il côtoie le *Felis sylvestris* et le *Felis catus* (en bas, à gauche), le lynx (au milieu, à gauche) est le plus septentrional. Il est le seul de sa famille à refuser de se nourrir de charogne. Il a fait récemment parler de lui puisqu'on envisage sa réintroduction en France. L'ocelot (en haut, à droite), dont la magnifique fourrure est très recherchée, vit sur le continent américain. C'est en Afrique que vit le chat ganté (au milieu, à droite), ce *Felis libyca* qui est la souche du chat domestique : il s'adapte au désert comme aux zones forestières et n'excède pas 7 kilos. Le chaus (en bas, à droite) pèse jusqu'à 16 kilos. Il vit dans des régions plantées d'arbres et de roseaux : il est plus commun dans la jungle sud-asiatique qu'en Afrique.

Bien que le chat domestique soit répandu sur l'ensemble du globe et présente une grande homogénéité, qu'il soit d'Europe, d'Asie ou d'Afrique, le *Felis sylvestris* aurait été le seul bénéficiaire de ces accouplements interspécifiques. Pourtant, on sait à présent qu'il est plus facile de croiser chien et loup que chat domestique et chat sauvage : les chatons obtenus sont peu viables et incapables de faire souche. Du reste, un seul coup d'œil suffit à distinguer le *Felis sylvestris* du *Felis catus* : pesant jusqu'à 8 kilos, le chat sauvage est un tigre miniature, à la queue courte, terminée en massue. Il est de surcroît d'une nature méfiante et refuse tout apprivoisement, à la différence d'autres espèces sauvages.

Au gré des études menées aux XIXe et XXe siècles, une même espèce peut avoir été identifiée plusieurs fois et être connue sous plusieurs noms. C'est le cas pour le *Felis libyca* de Forster qui a aussi été appelé *Felis maniculata, Felis caligata* ou *cafra* et *Felis ocreata* par le savant Gmelin.

Quel est l'ancêtre le plus direct du chat domestique?

Pour l'ensemble des animaux domestiques, l'identification de l'espèce sauvage mère ne pose pas de difficulté. On admet qu'ils sont tous d'origine monophylétique, c'est-à-dire descendants d'une seule espèce sauvage; pour le chat, en revanche, la filiation a été longtemps controversée. Dès 1746, Linné, le fondateur de l'histoire naturelle moderne, avait émis l'hypothèse d'une origine exotique du chat domestique sans avoir jamais examiné de chat sauvage européen – il est inconnu de la faune scandinave qu'avait sous la main le savant suédois. Cependant, près d'un siècle durant, de Buffon à Cuvier, le chat domestique est considéré comme le descendant du chat sauvage européen. En 1827, Conrad Jacob Temminck, directeur du Muséum d'histoire naturelle du royaume des Pays-Bas, va à l'encontre des opinions communément reçues jusqu'alors. Il faut, selon lui, chercher du côté de

Le chaus, ou chat de jungle, est un félin puissant qui s'attaque à des proies variées dans les zones marécageuses : lièvres, porcs-épics, volailles, grenouilles et serpents. En Egypte ancienne, il était confiné à la vallée du Nil et au delta. L'Egypte moderne connaît en outre le petit chat des sables *(Felis margarita)*, dont les pattes sont recouvertes d'une importante masse de poils, protection efficace contre le sable brûlant.

l'Egypte le berceau du chat domestique. C'est là, en effet, que l'on rencontre le chat ganté, ce *Felis libyca*, qui, plus petit que le chat domestique, lui ressemble tant par son allure générale et la forme de sa queue. Dans son catalogue du *Genus Felis*, en 1951, le zoologiste Pocock proposait une solution intermédiaire : le chat domestique serait une forme composite, résultant de croisements du *Felis sylvestris* et du *Felis libyca.* Avec Zeuner, en 1963, on revient à l'hypothèse d'un chat d'origine exclusivement africaine : le mot «chat» lui-même ne vient-il pas de l'arabe *quttah?* Plus récemment, l'étude morphologique des momies de chats a permis de prouver définitivement que, des trois chats sauvages connus de la faune égyptienne, le chaus, le chat de Marguerite et le chat ganté, seul le dernier pouvait être l'ancêtre de nos compagnons actuels.

Sur la défensive, par exemple quand il doit affronter un chien, le chat s'aplatit au sol et frappe avec ses pattes, un peu à la manière des boxeurs. Ses griffes sont aussi une arme redoutable, utilisées sur des points stratégiques.

La domestication : un phénomène historique capital aux origines mal connues

Il est difficile de définir la domestication : on a récemment proposé de parler plutôt de «contrôle culturel» de l'homme sur l'animal. De fait, la domestication entraîne de profonds bouleversements morphologiques, comportementaux, et l'apparition de traits spécifiques, par exemple une fécondité accrue et une grande variabilité de taille. Quelles sont les raisons qui ont poussé l'homme à exercer ce contrôle ? La «théorie de l'oasis» suppose qu'une détérioration du climat a provoqué la concentration des hommes et des animaux au sein d'îlots de refuge. Selon une autre hypothèse, après avoir acquis un niveau intellectuel et technique suffisant, l'homme aurait spontanément adopté des pratiques de contrôle sur la faune qui l'entourait. Enfin, on a pensé à des motivations purement économiques ou à des causes religieuses. La prédisposition de l'espèce à l'apprivoisement reste cependant la condition indispensable de la domestication.

A partir d'agrégats artificiels d'animaux sauvages, l'homme sélectionne peu à peu des animaux de mieux en mieux adaptés aux contraintes qui leur sont imposées. En les surprotégeant, en les rassemblant sans séparation de sexe, il provoque des mutations génétiques qui aboutiront à terme à la création d'espèces domestiques plus fécondes que les souches sauvages.

Une aventure qui débute il y a sept mille ans

En Allemagne et en Irak ont été retrouvées des preuves indéniables de la domestication du chien quatorze mille ans avant notre ère. Il y a un millénaire déjà que le mouton, la chèvre et le porc sont domestiqués, et quatre mille cinq cents ans que l'homme a soumis le cheval. Pour le chat, rien n'est aussi clair : ceux de Jéricho en 6700 av. J.-C., d'Haçilar (Anatolie) et d'Harappa (Syrie) en 5000 av. J.-C. pourraient être domestiques, mais

il s'agit là de témoignages peu fiables. En revanche, les momies, les peintures et les statuettes découvertes en Egypte ne laissent aucun doute : les Egyptiens ont, les premiers, domestiqué le chat, au terme d'un long processus. Il y a quatre ou cinq mille ans, les réserves de blé accumulées dans les villages néolithiques de la vallée du Nil ont constitué des pôles d'attraction pour les rongeurs mais aussi pour leurs prédateurs naturels, les chats libyens, qui vivaient dans le désert limitrophe et étaient naturellement prédisposés à l'apprivoisement. Aux rencontres occasionnelles entre ces chats et les hommes ont probablement succédé des contacts plus intimes. Le confinement volontaire de ces animaux apprivoisés, soignés et élevés par l'homme devait finalement aboutir, au

A la suite d'un changement de climat amenant une sécheresse progressive, le Nil fixe durablement des populations fuyant le désert. L'Egypte, dira justement Hérodote, est «un don du Nil».

cours du IIe millénaire avant notre ère, à la domestication proprement dite du chat. Il semble que les motifs en aient été surtout religieux; des raisons économiques peuvent également être alléguées : Plutarque signalait l'efficacité de cet animal contre les rongeurs mais aussi contre les serpents. Les Egyptiens se sont également essayé à apprivoiser le *Felis chaus,* dont on a retrouvé quelques momies, mais la tentative est restée sans lendemain.

La bienfaisante Bastet aide les moissonneurs et favorise la récolte que les chats protégeront des rongeurs domestiques – souris et rats noirs – ou agrestes – nésokia et arvicanthis.

Le chat, longtemps si mal aimé en Occident, était en Egypte un animal sacré. Sujet de dérision aux yeux des auteurs antiques puis des auteurs chrétiens, le zoomorphisme des dieux égyptiens et la «zoolâtrie» des habitants de la vallée du Nil reposent en fait sur une conception harmonieuse de l'univers. Les animaux ne sont-ils pas des signes susceptibles d'éclairer – chacun pour leur part – un aspect du divin.

CHAPITRE II
DE L'ÉGYPTE À LA CONQUÊTE DU MONDE

Dans cette scène de chasse, le défunt, Nebamon, debout dans une barque de papyrus, tient un «bâton de jet», sorte de boomerang. Sa fille est à ses pieds. Un chat dans les fourrés débusque pour lui les canards sauvages dont l'un est déjà dans sa gueule.

Les parois des tombes thébaines, des nécropoles privées, sont couvertes de scènes de la vie quotidienne. Ici, le scribe Neferronpet (XIXe dynastie, 1320-1200) et sa femme jouent aux échecs; sous le siège de l'épouse, son chat familier est assis, rongeant un os. C'est en revanche un poisson que dévore le chat qui se trouve sous la chaise de Tawy, femme de Nakht, scribe et astronome contemporain de Thoutmosis IV (1410-1400).

Seules les tombes de rois ou de grands personnages nous renseignent sur le chat à haute Epoque

Une inscription rappelle qu'un chat était le favori du roi thébain Mentouhotep II, qui réunifia l'Egypte et inaugura la XIe dynastie (2134-1991 av. J.-C.). Sous le nouvel Empire, la reine Tiyi, épouse d'Aménophis III (1400-1362) chérissait un chat, et la chatte du prince Thoutmosis, frère aîné du roi Aménophis IV (1363-1346) eut droit à un magnifique sarcophage. Les tombes privées thébaines, réservées aux membres des hautes classes, montrent des chats couchés sous le siège de leurs maîtres : s'agit-il d'une simple représentation d'un animal familier ou d'une allusion à la déesse Hathor, sorte de Vénus égyptienne qui préside à la création du monde et garantit au défunt

sa renaissance ? Autre thème présent dans les tombes thébaines : le chat, dressé pour servir de rabatteur dans la chasse aux poules d'eau. La rareté des témoignages avant le Ier millénaire, ainsi que leur caractère essentiellement iconographique, incite à se demander si la domestication du chat était alors parvenue à son terme, c'est-à-dire la prolifération de l'espèce et sa pénétration dans tout le corps social.

Cette autre tombe thébaine montre un chat servant d'auxiliaire pour la chasse. Celui-ci se fraye habilement un chemin à travers les papyrus, au milieu d'une faune aquatique variée : on reconnaît des canards et des hérons se tenant près de leurs nids. L'intrusion du félin permettra de faire s'envoler les oiseaux qui répugnent à s'éloigner de leur couvée. Par son allure mince et élancée, par la forme de ses oreilles, il ressemble étrangement au chat hiératique de la tombe de Siptah à Louqsor (ci-contre) et, plus près de nous, au chat ganté ou chat de Libye.

Le chat lunaire, attribut de la déesse Bastet

Au cours des quelques siècles qui séparent le moyen Empire du nouvel Empire (1785-1557 av. J.-C.), la chatte devient l'attribut de la déesse Bastet. Cette divinité bénéfique et amicale incarne, contre sa sœur jumelle Sekhmet – déesse de la Guerre et de

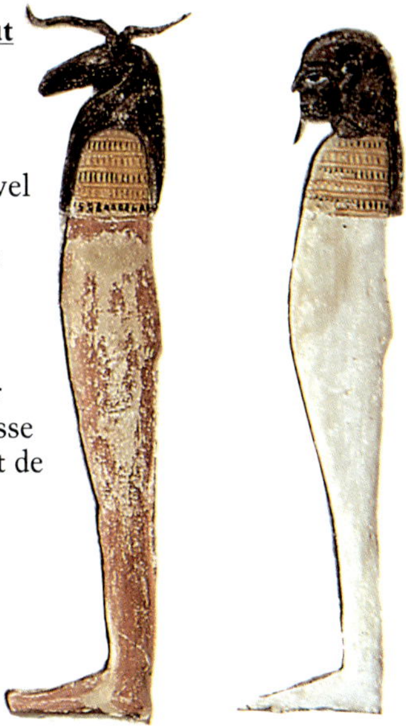

la Chaleur destructrice – la chaleur qui féconde. C'est peut-être afin de distinguer les deux déesses, primitivement associées à la lionne, que la chatte, moins belliqueuse, a été finalement identifiée à Bastet, déesse lunaire qui préside aux naissances, favorise les accouchements heureux et protège la famille. Les amulettes, qu'illustrent des images de chat et des inscriptions demandant à Bastet une longue vie, attestent la popularité de son culte à partir du Ier millénaire. La fécondité de la chatte, son comportement maternel remarquable jouent sans doute un grand rôle dans cette association. Dans son traité *Isis et Osiris*, Plutarque soutient que la chatte porte sept fois et met au monde vingt-huit chatons pendant sa vie, soit autant que de jours dans le mois lunaire. On croyait également que les pupilles du chat croissaient et décroissaient en suivant les phases de l'astre. Hérodote assimile pour sa part Bastet à Artémis, personnification de la Lune : d'après un mythe grec, Artémis, poursuivie par le monstrueux Typhon, se serait réfugiée en Egypte après s'être transformée en chatte. A partir du Ve siècle, se développe de fait un important syncrétisme gréco-égyptien : il est donc naturel que les Grecs, durablement implantés en Egypte au IVe siècle, aient invoqué volontiers Bastet pour protéger femmes enceintes et nouveau-nés.

Déesse guerrière, l'imposante Sekhmet (à gauche) trône sous les traits d'une lionne car cet animal, vivant dans le désert, là où le soleil naît et se couche, symbolise le feu céleste (XVIIIe dynastie). Postérieurement se développe le culte de la déesse-chatte, Bastet (ci-dessus). Plus humaine, elle tient un panier et le sistre, dont le bruit évoque le vent dans les marais.

Entouré de mystères, le culte rendu à Bastet est encore mal connu

L'Alexandrin Titius Flavius y fait peut-être allusion quand il évoque la solennité avec laquelle les prêtres égyptiens soulevaient, devant une assistance recueillie, le voile dissimulant les chats sacrés élevés dans les profondeurs du temple. Bastet était honorée à Bubastis, sa ville, devenue capitale au temps des rois libyens, à partir de 950 av. J.-C. Chaque année s'y déroulaient d'importantes festivités. Hérodote raconte qu'on s'y rendait par eau et qu'aux chants, aux danses se mêlaient des pratiques plus étranges : les femmes, depuis leurs embarcations, injuriaient les habitantes des cités devant lesquelles elles passaient et «retroussaient indécemment leurs robes». Bastet avait également un culte à Saqqarah où se dressait son temple, le Bubasteion. En son honneur, des chats sacrés étaient élevés : un panier servant à les exhiber solennellement a été retrouvé à Bubastis. Selon Diodore de Sicile, au Ier siècle av. J.-C., les gardiens de ces animaux consacrés étaient particulièrement respectés; grâce aux offrandes des pèlerins, ils nourrissaient les chats de pain trempé dans du lait et de poissons du Nil après les avoir appelés d'un clappement de langue. A leur mort, les prêtres les enveloppaient d'un linceul et les emportaient chez un embaumeur qui les traitait à l'huile de cèdre.

Le chat solaire

Sekhmet et Bastet sont filles du dieu-Soleil Râ, plus tard identifié avec Amon de Thèbes. Si Bastet elle-même, «Œil de Râ», avait anciennement un aspect solaire, c'est sans doute à son talent de chasseur de serpents que le chat doit d'avoir été associé au Soleil : le

La statuette ci-contre montre Bastet – entièrement chatte cette fois – descendant le Nil dans une barque : on l'acclamait tout au long du parcours. Revêtu de formules magiques, ce prêtre de Bastet (ci-dessus) présente la déesse : il s'agit probablement d'une statue guérisseuse dont les vertus s'accordent à la symbolique bénéfique de la déesse.

serpent, en effet, relève des forces de l'obscurité et du chaos qui, chaque jour, cherchent à empêcher le Soleil de renaître au matin.

Datant de la XIIe dynastie (1991-1785), des «bâtons de culte» d'ivoire montrent des chats levant un couteau contre un serpent, symboles de la lutte d'Amon-Râ contre les ténèbres. Le célèbre *Livre des morts* identifie le «Grand Chat» qui habite dans l'arbre de Perse de la ville d'Héliopolis avec Râ, livrant le combat de l'aube contre le dragon-serpent Apophis. Des stèles du nouvel Empire montrent qu'un culte fut rendu au «Grand Matou», une des épithètes de Râ. Un scarabée de la XVIIIe dynastie atteste lui aussi l'identification du chat et du Soleil : on y trouve gravé un chat accompagné de l'inscription «Amon-Râ, seigneur de la Vérité». Dans le temple d'Amon, à Héliopolis, on élevait du reste, comme à Bubastis, des chats sacrés. L'animal était également l'attribut de la déesse Maftet qui protège le Soleil des serpents le menaçant au cours de son périple.

Les Egyptiens croyaient que l'homme renaissait comme le soleil et les saisons au terme d'un long et rude parcours : un rouleau de papyrus – le *Livre des morts* ou *Sortie au jour* – devait protéger le défunt dans sa route. Avant que ne se répande cet usage (XVIIIe dynastie), les murs des pyramides, les parois des cercueils et les tombeaux des notables s'ornaient déjà de textes et de vignettes semblables. Ici, dans la tombe d'Inherkhâ, Râ écrase d'une patte la tête d'Apophis, de l'autre tranche son corps.

Le culte du chat : le revers de la médaille

Les trouvailles archéologiques éclairent d'un autre jour le culte des chats sacrés. A date ancienne, quelques maîtres rendirent hommage à leurs chats en les faisant ensevelir. Mais il s'agit là de cas isolés.

C'est avec la XXIIe dynastie, vers 950 av. J.-C., quand Bubastis devient la capitale de l'Egypte, qu'apparaissent les premières momies de chats. Elles se multiplient sous l'occupation perse, au IVe siècle av. J.-C., et sous la XXXe dynastie, quand se diffuse en Egypte la culture hellénistique. Des seize nécropoles de chats qui ont pu être dénombrées, les plus importantes ont été découvertes à Beni-Hassan, dans le sanctuaire de Bastet (Bubasteion) à Saqqarah, enfin à Bubastis où le cimetière a malheureusement été pillé : au XIXe siècle, bon nombre de momies furent envoyées en Angleterre pour y être vendues comme engrais ! La plupart se présentent entourées de bandelettes et sans sarcophage. Curieusement, il s'agit dans l'ensemble de jeunes individus, embaumés après avoir été trempés dans du natron. Si certains squelettes portent des traces de coups, ces chatons sont, le plus souvent, morts étranglés. On a pu établir qu'une fois momifiés dans une partie reculée des sanctuaires, ils étaient vendus aux pèlerins qui espéraient, en les offrant à Bastet, gagner les faveurs de la déesse ou la remercier de ses bienfaits. L'élevage sacré ne parvenant pas toujours à répondre à la demande, certaines momies ne renferment que des fragments de squelettes.

A l'époque romaine, les progrès du christianisme durent entraîner une régression de ces pratiques païennes, que seule l'archéologie nous a permis de découvrir.

Le corps recouvert de bandelettes de lin étoffé et stuqué, présenté sous forme d'un manchon où les pattes antérieures sont plaquées au thorax, la tête couverte d'un masque d'étoffe peinte, le chat échappe à la décomposition physique tant redoutée par l'homme égyptien. D'époque romaine, ces momies de chats ont été retrouvées à Abydos, enfermées dans un vase en même temps que soixante et onze autres.

Dans cette vision romantique de l'Egypte ancienne, où est peint un Orient imaginaire et un peu conventionnel, le peintre anglais Edwin Long (1829-1871) a doté les chats, cajolés et parés comme des dieux, d'une merveilleuse robe blanche. Plus qu'un simple anachronisme – le chat égyptien avait en effet un pelage rayé comme celui de son ancêtre le chat libyque –, ne faut-il pas voir ici un relent de la répugnance à l'égard des chats tigrés – ou pire, noirs – réputés maléfiques? A mettre au crédit de la civilisation égyptienne, la symbolique toute bénéfique du chat qu'elle avait élaborée a peut-être eu pour contre-coup la méfiance des auteurs de l'Antiquité, largement relayés par ceux de la chrétienté médiévale puis de l'Occident moderne. Notre chat diabolique pourrait n'être que l'image inversée du chat divin de l'Egypte.

Sur la place du chat dans la société égyptienne, les plus anciens témoignages écrits émanent d'auteurs grecs

Le caractère sacré attribué par les Egyptiens aux animaux n'a pas laissé d'étonner les voyageurs grecs, de tout temps fascinés par un pays qui, dit Hérodote, renferme «plus de merveilles que nul autre». Dès le Ve siècle av. J.-C., ce dernier notait que les chats étaient nombreux en Egypte. Encore la prolifération de l'espèce était-elle, selon lui, freinée par le comportement des mâles : ils auraient eu coutume de soustraire leurs petits aux chattes pour les amener à réitérer l'accouplement dans l'espoir d'une nouvelle portée. On a ainsi la preuve que le chat est, au moins dès cette époque et sans doute depuis déjà quelques siècles, répandu dans toutes les couches de la société. Avide de détails merveilleux, Hérodote rapporte encore que lorsque se produit un incendie, les Egyptiens ne cherchent pas à l'éteindre, tout occupés à surveiller les chats qui tentent de se jeter dans le feu. Quand ils y parviennent, c'est alors grand deuil : les habitants de la maison se rasent les sourcils et

Sur les papyri et les ostraka – éclats de calcaire qui sont le papyrus du pauvre –, les Egyptiens aiment à dessiner des animaux dans des attitudes humaines. Dans ce monde inversé, les chats servent de nobles dames souris et doivent capituler quand l'armée des rats assiège leur forteresse ou conduit des troupeaux d'oies.

Animal sacré des temples de Bastet, personnage de fable et de satire dans les papyri, le chat est aussi utilisé à des fins décoratives dans l'art égyptien, et notamment en orfèvrerie. Ces six chats ornent le fermoir d'un bracelet d'or qui appartenait probablement à la reine Sobkemsaf (1650 av. J.-C.).

portent l'animal dans des lieux sacrés, notamment à Bubastis, pour les y ensevelir. Plus tard, Diodore de Sicile, grec lui aussi, raconte qu'à l'époque où les Egyptiens craignaient une guerre avec Rome et ménageaient les voyageurs italiens, le roi Ptolémée Aulète, père de Cléopâtre, fut impuissant à sauver du lynchage un Romain qui avait accidentellement tué un chat, tant les lois qui visaient les meurtriers d'animaux sacrés étaient strictes. Par ailleurs, l'usage voulait que l'on nourrisse les animaux : certains Egyptiens se consacraient à une espèce particulière, dont sans aucun doute le chat. Le succès de noms tels que «Le Chat» dans l'onomastique atteste la popularité de l'animal en Egypte.

Presque ignoré de l'art grec, le chat est cependant représenté sur quelques vases d'Italie du Sud et de Sicile, offert comme gage d'amour, ou parfois avec la déesse Aphrodite qui l'excite en lui montrant un pigeon. Ci-dessous, un cercueil en bois d'époque romaine, destiné à un petit chat.

Dans les mondes grec et romain

Il semble que pour des raisons religieuses les Egyptiens aient plus ou moins proscrit l'exportation des chats; c'est ce que l'on peut déduire d'un passage de Diodore de Sicile : «Lorsqu'ils voyagent en pays étranger, les Egyptiens ont pitié des chats [...]

Les mosaïques romaines n'utilisent pratiquement que le thème du chat et de l'oiseau. Pourtant, le chat a dû assez vite supplanter la belette contre les rongeurs, si l'on se fie à Pline.

« Et les chats, avec quel silence, avec quelle légèreté ils rampent pour prendre les oiseaux! Comme ils savent se cacher et épier les souris avant de leur bondir dessus! Ils dissimulent leurs excréments sous la terre pour ne pas laisser trace de leur odeur. »

Pline, *Histoire naturelle*

et les ramènent avec eux en Egypte, même s'ils doivent pour cela se priver du nécessaire.» Mais c'est également la preuve que le chat commence à se diffuser lentement hors d'Egypte. Hérodote, comme Diodore de Sicile, ne s'étend pas sur l'aspect du chat égyptien, alors qu'il donne de longues descriptions d'animaux exotiques comme les hippopotames ou les crocodiles. Des témoignages isolés prouvent la présence de l'animal en Grèce, en Sicile et en Crète plusieurs siècles avant notre ère. On pense donc que le chat, sans être inconnu, était un animal familier mais peu répandu : belettes apprivoisées et fouines suffisaient à la lutte contre les rongeurs... Les auteurs grecs et latins connaissent le chat sous les noms d'*ailouros* («celui qui remue la queue») et de *felis,* qui désigne sans doute à l'origine un autre animal (martre ou chat sauvage), et n'a été appliqué au chat qu'*a posteriori.* Mais les textes qui nous sont parvenus font presque toujours référence au chat égyptien, objet de railleries par excellence pour les anciens. Du reste, le chat domestique semble avoir été peu apprécié; on lui reproche sa paresse, et surtout la chasse qu'il livre aux oiseaux : l'épigramme d'Agathias, consacrée à la mort de sa perdrix favorite, attaque violemment le chat, son meurtrier. Anaxandride, au IVe siècle avant J.C., dialogue fictivement avec un Egyptien et lui déclare : «Tu pleures quand tu vois souffrir un chat, moi ce qui me réjouit c'est de le tuer et de l'écorcher.»

Les plus anciens spécimens de chats domestiques en Gaule et en Grande-Bretagne sont antérieurs à la conquête romaine

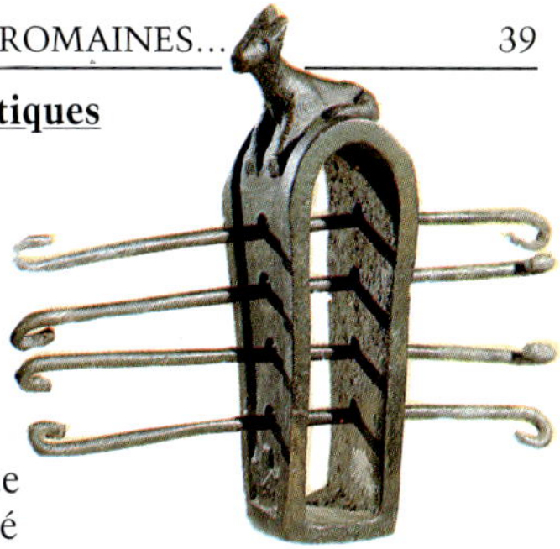

Le sistre, sorte de crécelle, est à l'origine étroitement associé au culte d'Hathor; en son honneur, on agitait en cadence des ombrelles de papyrus que remplacèrent les sistres métalliques, composés d'un étrier, ici orné d'un chat, et d'une poignée.

Des restes de chats ont été identifiés dans des fouilles à Toulouse, à Lutèce, ainsi que dans des villages de l'âge du fer anglais (Budbury, Gussage All Saints, Danebury). La localisation de ces sites invite à penser que quelques spécimens avaient été introduits, dès le Ier siècle av. J.-C., par le biais de routes commerciales fort anciennes. A la suite de ces importations précoces et sans doute isolées, la mise en place à des fins stratégiques d'un réseau routier permettant la circulation des armées romaines d'un bout à l'autre de l'empire a certainement favorisé l'implantation et la diffusion du chat. Au reste, les cultes égyptiens connurent un certain succès en Gaule : la découverte d'aegyptiaca, objets égyptiens importés en Europe – amulettes, statuettes, sistres... – montre qu'ils y furent à la mode et témoigne du rayonnement de la culture égyptienne.

A la fin du Ve siècle, le chat s'est établi dans l'ensemble de l'Empire romain

Si la civilisation romaine est avant tout un phénomène urbain, on a retrouvé des restes de chats domestiques dans des habitats très diversifiés : cités, mais aussi grands domaines et places fortes. Un beau matou habitait ainsi la villa de Montmaurin, près de Bordeaux; des tuiles y portent encore la marque de ses pattes. Il a aussi laissé ces vestiges furtifs sur d'autres tuiles à Silchester. Les chats étaient nombreux à Tac, en Hongrie :

Le célèbre pied de table, découvert sur le mont Auxois en 1937, représenterait Priape jeune, ce qui s'accorde assez avec son attitude impudique, ou un *genius loci*, divinité tutélaire symbolisant la force qui conserve le monde par la procréation. Il tient dans ses bras un petit animal pourvu d'un collier. On peut se demander toutefois s'il s'agit d'un chat, ainsi que le veut l'interprétation traditionnelle de ce relief, ou d'un petit chien.

quatorze individus ont pu être décomptés, chiffre énorme si l'on songe à la fragilité de ces ossements. Quoique importé à une date relativement récente, le chat a sans doute assez vite cessé d'être un animal de luxe : la fertilité et les facultés d'adaptation qui distinguent les animaux domestiques de leurs homologues sauvages constituaient des facteurs favorables pour une implantation durable et une extension rapide. A défaut de textes, les monuments gallo-romains confirment l'apport de l'archéologie et attestent la présence discrète mais constante du chat en Gaule et dans le reste de l'Europe.

Sur la tuile retrouvée à Silchester (Grande-Bretagne), on reconnaît aisément l'empreinte émouvante de deux pattes de chat : celles-ci ont été imprimées probablement sur l'argile fraîche d'une tuile en train de sécher.

De l'Afrique à l'Asie

Si l'expansion du chat égyptien ne s'est pas limitée à l'Europe, on connaît mal ses lointaines pérégrinations. D'après l'historien Polyen, les Perses du roi Cambyse II, au VIe siècle av. J.-C., n'hésitèrent pas à utiliser des chats pour prendre Péluse : les Egyptiens n'osèrent attaquer en les voyant aller en tête de l'armée perse et se rendirent. On dit que le chat fut introduit en Inde deux cents ans avant notre ère; pourtant il en est

Réalisée d'après le dessin d'un voyageur européen du XVIIIe siècle, cette gravure montre la boutique d'un marchand de chats sur le quai d'un port chinois : ces chats étaient-ils destinés à être des animaux de compagnie ou à être dégustés ?

question dans les *Lois de Manou,* dès 1200 av. J.-C. : l'homme qui se conduit comme un héron ou... un chat est précipité en enfer, ce qui n'empêche pas le meurtrier d'un chat d'être passible d'une pénitence. Une légende indienne a pour héros le chat Patripatan qui parvint à gagner le ciel de Devendiren, où séjournent avec lui quarante-huit millions de déesses et leurs cent vingt-quatre millions d'époux, et y gagna la protection de la favorite de Devendiren. Les moines bouddhistes auraient même pratiqué l'élevage de chats sacrés : telle est l'origine mythique du birman. En Orient, le chat semble avoir joui longtemps d'une place enviable : Mahomet lui-même ne coupa-t-il pas un pan de sa manche pour éviter de troubler le sommeil de sa chatte Muezza? Plus tard, au XIIIe siècle, le sultan El-Daher-Beybars légua aux chats nécessiteux un jardin, «Gheytel-Qouttah» (le «Verger aux chats»). Les voyageurs européens de l'époque moderne s'étonneront des excellents traitements réservés aux chats par les Turcs. Les chats du Japon sont venus de... Chine au VIe siècle; mais la légende reporte la date de leur introduction sous le règne d'Idi-Jô, pendant la période Héian, marquée par l'influence de la civilisation chinoise et du bouddhisme : entourée de soins, une chatte blanche aurait mis bas cinq chatons dans le palais de Kyoto, où la vie de cour était particulièrement raffinée. L'Amérique est le dernier continent à avoir connu le chat domestique; c'est seulement au XVIIIe siècle qu'il y fut importé pour faire face aux rats noirs.

Le chat est un animal assez rare dans la littérature et l'art indiens. Une belle Indienne se délasse et rêve en compagnie d'un petit chat blanc à taches noires sur une miniature datée du XIXe siècle. Page suivante, on retrouve le thème du chat voleur de l'oiseau familier dans cette miniature de l'école Kangra où l'art indien traditionnel jeta ses derniers feux; une femme poursuit un chat s'enfuyant avec un perroquet et le menace d'une canne. A droite, magnifique estampe de Kitagawa Utamoro (1753-1806), conservée au British Museum; une mère y contemple son fils qui joue avec un chat et le compare au légendaire Kintoki, l'«enfant d'or», représenté au-dessus d'elle.

哥麿筆

Pendant longtemps, on a pensé que les chats avaient mystérieusement disparu du monde occidental durant le haut Moyen Age et nous étaient revenus, une seconde fois, dans les bagages des croisés à partir du XIIe siècle. Bien au contraire, c'est dans ces temps obscurs que le chat s'implante durablement en Europe et y devient l'indispensable compagnon de l'homme.

CHAPITRE III
LE CHAT MÉDIÉVAL

Le Christ bénit la Création dans un bestiaire anglais daté de 1210. Les animaux, tournés vers la figure divine, participent de l'harmonie et de la perfection de l'univers où chacun a reçu sa place. Le chat, entre le lapin et l'écureuil, est sagement assis. Ci-contre, trois chats, stylistiquement très proches du précédent, ornent une vignette issue d'un bestiaire plus tardif.

Il y a peu de temps que l'archéologie a commencé à regarder du côté des sites médiévaux, longtemps négligés au profit des monuments antiques. C'est encore plus récemment que l'on s'est intéressé aux fosses et dépotoirs où se sont accumulés les signes parfois infimes mais reconnaissables de l'activité de l'homme et des aspects les plus quotidiens de son existence; ces lieux de rebut gardent par exemple la trace de ses pratiques alimentaires ou de la faune qui l'entourait : bêtes de boucherie, petits mammifères sauvages comme les rongeurs, voire commensaux tel le chien. Grâce à l'examen des ossements retrouvés, on peut aujourd'hui tenir pour établi que la population féline s'est étendue pendant les siècles obscurs qui séparent la chute de l'Empire romain du XIIe siècle, dépassant largement au nord les frontières

Le Livre de la chasse de Gaston Phebus, comte de Foix, est un des plus beaux manuscrits de la fin du Moyen Age. De magnifiques miniatures montrent les différents gibiers et la manière de les chassser. Ici, des chats sauvages, aux robes tachetées et tigrées, s'ébattent dans un paysage verdoyant : les uns chassent des rongeurs, une mère nourrit sa portée.

de son implantation antique pour gagner jusqu'aux ports frisons et scandinaves de Dorestad ou Haithabu. Mais à cette époque de disette chronique, avant l'essor économique de l'Occident, le chat est un animal de petite taille, au squelette encore sauvage, et dont l'espérance de vie est sans doute brève; la majorité des restes étudiés appartient en effet à de jeunes spécimens.

De tous les animaux, le chat est le seul à recevoir des appellations multiples

Ce n'est qu'au IVe siècle, dans le traité d'agronomie de Palladius, que l'on rencontre pour la première fois le mot *cattus.* Cette appellation est «vulgaire», dit Isidore de Séville, un des fondateurs de la pensée médiévale : de fait, *cattus* est la source du nom du chat dans toutes les langues européennes et même au-delà. Son origine est inconnue : on y a vu un mot celte ou, le plus souvent, africain. A partir du XIIIe siècle, avec le développement de la littérature profane et des encyclopédies, on commence à appeler un chat un chat et le nom qui lui était communément donné dans la vie quotidienne s'impose définitivement. Auparavant, les clercs, qui avaient le monopole de l'écrit, préféraient employer des termes plus savants *(musio, muriceps, murilegus,* composés à partir du nom latin de la souris, *mus),* insistant sur le rôle fondamental de chasseur qui est celui du chat dans la société médiévale. A cela, plusieurs raisons : le chat est absent de la Bible mais aussi du *Physiologus;* ce traité, daté des premiers siècles de notre ère, est la source du bestiaire médiéval qui propose des interprétations allégoriques du monde animal. Faute de références faisant autorité, Isidore de Séville ouvre la voie au VIe siècle; les clercs,

Le mot *cattus* n'est mentionné qu'une fois dans la Bible et y désigne... une sorte d'oiseau de nuit! C'est dans le Livre de Baruch que Jérémie écrit aux juifs emmenés captifs à Babylone et leur dépeint les faux dieux qui y sont adorés : «Leur figure est noircie par la fumée qui monte du temple. Sur leur corps et sur leur tête volettent des chauves-souris, hirondelles et autres volatiles; il y a là aussi des chats. A cela vous reconnaîtrez que ce ne sont pas des dieux : ne les craignez pas!»

Dans *Le Jardin des délices* de Jérôme Bosch (vers 1453-1516), l'homme et la femme d'avant la chute vivent nus dans l'abondance au sein d'un paradis où tous les animaux exotiques – tels la girafe et l'éléphant – ou familiers se côtoient en paix. Une exception notable toutefois : le chat situé au premier plan tient dans sa gueule une souris, comme si même l'Eden n'avait pu abolir sa férocité naturelle. N'est-ce pas le premier signe de rupture dans un équilibre qui ne tardera pas à être troublé?

Si au siège de Salerne en 1077 on mangea les chevaux, les ânes, les chiens et les chats, ainsi qu'à Pise en 1174, c'était un trait barbare de consommer des animaux considérés comme familiers, en dehors des cas d'extrême nécessité. Ainsi l'évêque Othon de Freising croit-il prouver que les Hongrois sont capables de boire du sang humain en faisant valoir que certaines peuplades d'Europe centrale se nourrissent bien de chevaux et de chats! Page de droite, le siège de Liège par le duc de Bourgogne en 1468.

après lui, optent pour des formations savantes qui se prêtent à une interprétation étymologique claire et définissent le chat comme un prédateur. Pour l'homme médiéval, en effet, le nom donné à l'animal, loin d'être le fruit du hasard, désigne sa réalité la plus intime : n'est-ce pas Adam lui-même qui, sous l'égide du Créateur, a nommé l'un après l'autre les animaux?

La culture celte manifestait une attention particulière à la nature et au monde animal

C'est sans doute pour cela qu'après Isidore de Séville, les textes celtiques sont les premiers à évoquer, de façon plus ou moins directe, le chat domestique. Les livres pénitentiels (VIIe-VIIIe siècles), écrits en langue vulgaire ou en un latin médiocre dans des monastères irlandais ou anglo-saxons, ont été rédigés à l'usage des prêtres confesseurs et consistent en une liste de pénitences portant sur des fautes commises notamment en matière de morale sexuelle et d'hygiène alimentaire. La consommation d'aliments souillés par le contact d'un animal familier – chien ou chat – y est punie par un jeûne sévère de plusieurs jours. Cette interdiction signale l'importance du tabou alimentaire qui pèse sur certains animaux, sans doute à cause du statut privilégié que leur accorde l'homme. Le chat, situé comme le chien aux confins de l'animal et de l'humain, n'est mangé qu'en dernier recours – quoiqu'il soit parfaitement comestible. Les chroniqueurs médiévaux n'imaginent pas de pire extrémité, dans leurs récits de sièges, que la faim qui réduit les assiégés à se nourrir de chevaux, de souris, de chiens ou de chats.

Autres documents précieux d'origine celtique : les lois galloises du Xe siècle

Rédigées sous le règne d'Howel Dda qui soumit l'ensemble du pays à son autorité, ces lois fixent avec précision la valeur du chat en fonction de son âge : en Vénédotie, au nord, le chaton vaut un penny depuis sa naissance jusqu'à ce qu'il ait ouvert les yeux, deux pence de ce moment à la prise de sa première souris, quatre pence lorsqu'il est adulte. En Gwentie, à l'est, le prix du chat varie en fonction du statut social de son propriétaire, qu'il soit homme du commun, notable ou même roi. Si la valeur qu'on lui donne assigne au chat une place à part entière dans la société, il doit en contrepartie remplir ses devoirs de chasseur. Le code vénédotien impose que le chat «voie, entende et tue les souris»; ses oreilles, ses griffes, ses

Cette carte d'Angleterre (vers 1250) illustre la *Chronique* de Mathieu de Paris. Celte aussi, le moine irlandais qui a laissé dans la marge d'un manuscrit un émouvant poème sur son chat Pangur Ban.

Inconnus des textes bibliques et patristiques étudiés par les moines, les chats n'en font pas moins partie de leur vie quotidienne : ci-contre, un chat est sur le seuil de la cuisine dans un ensemble de fresques narrant la vie de saint Benoît; ci-dessous, Pietro Lorenzetti place à droite de la Cène, dans la basilique d'Assise, le tableau familier d'un chien et d'un chat partageant les reliefs du repas (vers 1320-1340).

dents, ses yeux doivent être sans défaut, son pelage exempt de marques de feu. La chatte doit être capable d'élever ses petits. Ailleurs, on exige qu'elle n'aille pas miauler à la lune. Le chat qui garde les greniers royaux est particulièrement protégé; s'il est tué ou volé, une procédure très formaliste prévoit l'évaluation en grains de la compensation à verser.

A l'époque carolingienne apparaissent les premiers symptômes de méfiance

Un ermite contemporain du pape Grégoire le Grand obtint du Christ de voir en songe le sort qui lui était réservé dans l'au-delà; il apprit ainsi qu'il serait placé au côté du pape Grégoire le Grand. Au lieu de louer le Seigneur de cette faveur insigne, il s'indigna que sa vie de pauvreté fût mise sur le même plan que l'existence luxueuse du pontife : le Christ lui reprocha alors de faire plus

de cas de sa chatte que Grégoire de tout son luxe. Cette chatte, précise la *Vie de saint Grégoire,* était son seul bien au monde, sa compagne de logis, qu'il réchauffait sur son sein et chérissait, pourrait-on presque dire, comme une concubine. Un poète

carolingien, Ermold le Noir, reprend le même récit mais la fin y est plus dramatique : l'ermite roue de coups et chasse l'animal coupable de l'avoir détourné du pur amour divin en lui inspirant sournoisement l'amour de la créature. La même anecdote est racontée à propos de la vie de saint Basile. Ce conte, le premier à mettre en scène un chat, lui assigne une symbolique nettement négative, jusque-là inconnue, ou passée sous silence.

Un chat joue aussi un rôle déterminant dans la légende de la fondation de Venise

La légende rapportée à la fin du XIIe siècle dans les *Annales* d'Albert de Statd raconte comment les habitants d'Aquilée, fuyant devant Attila, se

Si la présence des chiens au pied de la table de festin semble naturelle, le chat est plus surprenant dans cette miniature brabançonne illustrant l'histoire de Job (ci-dessus). En dehors des bestiaires, il est en effet rarement représenté avant le XIIIe siècle. On le trouve ensuite fréquemment dans les illustrations marginales : ici (à gauche) revêtu d'un manteau monastique (*Heures à l'usage de Rouen,* XVe siècle).

réfugièrent dans une île qu'ils appelèrent Venise. Parmi eux, un homme riche s'associa à un pauvre et lui demanda, avant de partir pour faire du commerce, quelle marchandise il avait à vendre; ne possédant que deux chats, le pauvre confia son unique bien à son compère qui débarqua sur une terre dévastée par les rongeurs et où les chats étaient inconnus. Il put donc vendre fort cher les deux bêtes et fit ainsi la fortune de son associé. Cette légende exemplaire rappelle combien l'histoire de Venise est liée au commerce. Mais on peut y voir aussi un thème voisin de celui qui est développé par la *Vie de saint Grégoire* : le chat, loin d'être un animal de luxe, est par excellence l'animal du pauvre. Dans ce conte merveilleux, le quotidien s'inverse et le chat, symbole de dénuement, devient le vecteur de la richesse; de la fondation de Venise racontée au XIIe siècle au célèbre *Chat botté*, la morale est identique : on se souvient du benjamin du meunier

A la fin du XIVe siècle, Richard Whitington (page de gauche, en bas) se rendit aux Indes avec pour toute richesse un chat et le désir de se signaler. Le navire sur lequel il s'était embarqué fit naufrage et il échoua, toujours en compagnie de son chat, sur des rivages inconnus, infestés de rats. L'animal devint «généralissime» des armées du roi du pays, et Whitington revint riche. Surnommé «Mylord Cat», il devint lord-maire de Londres et fit construire le palais où se trouve la Bourse. On reconnaît là le thème du *Chat botté* qui plonge ses racines dans la nuit des temps. Ci-contre, vignette de bestiaire.

qui reçoit pour tout héritage un chat, que, dans sa misère, il envisage d'abord de manger et de transformer en manchon. Ce conte, immortalisé par Charles Perrault, s'inspire de traditions orales fort anciennes comme tous les récits qui mettent en scène des animaux secourables.

Le bon sens populaire lui accorde une place importante mais peu enviable

Les proverbes, qui constituent l'expression par excellence de la sagesse rustique, dressent un portrait noir du chat. Au premier chef, c'est un glouton : de nombreuses expressions proverbiales s'appuient sur le conte du chat, enfermé dans la réserve pour la protéger des rongeurs; après avoir croqué la souris, le chat fait ses délices du bacon, de la tourte ou du fromage qu'on lui avait confiés. L'hypocrisie n'est pas non plus son moindre défaut. Les chats, assure un personnage de farce, ont fait promesse à Dieu de ne manger nul fromage sans avoir auparavant ouï la messe! Ils savent bien aussi à qui «lécher la barbe» impunément, à qui «feindre de ronronner».

Cependant, leur goût de la paresse vient contredire leur tempérament glouton : le chat aime le poisson

«Attacher un grelot au cou du chat» est une entreprise difficile (l'accoutrement de l'homme, couvert d'une armure et le couteau entre les dents, l'indique assez!) en même temps que contraire au bon sens et à la nature. Ainsi affublé le chat pourra-t-il en effet s'approcher d'une souris sans qu'elle en soit de loin avertie (détail des *Proverbes* de Brueghel l'Ancien)? Ci-contre, un homme brûle le poil de sa trop belle chatte pour éviter qu'on ne la lui vole; par cette fable, le dominicain bernois Ulrich Böner (XIVe siècle) entend condamner l'excès de coquetterie féminine.

mais ne veut pas se mouiller la patte. Il est jaloux de son sommeil et finit par se roussir le poil pour s'être assoupi à la chaleur du foyer. S'il ne faut pas éveiller le chat qui dort, c'est enfin parce qu'il est un animal qui peut être dangereux et violent. De même qu'un proverbe connu suggère à l'homme de battre sa femme tous les jours, un proverbe médiéval résume la position faite au chat par cette formule explicite : «Il y a toujours une occasion pour battre son chat.»

Souvent lié à la féminité

Quand on sait combien est exploité au Moyen Age le filon de la diatribe misogyne, il est manifeste que l'association étroite du chat et de la femme ne joue pas en la faveur de celui-ci. Au XIe siècle, le prince troubadour Guillaume IX écrivit un poème licencieux

Au chat blanc est souvent attachée une symbolique particulière, qui renverse les contre-valeurs qu'incarne le chat sombre ou tigré – luxure, gourmandise, duplicité... Ici, il est peut-être moins innocent : s'il accompagne une femme qui remet à son mari, un seigneur allemand, la clef de sa ceinture de chasteté, des dangers réels paraissent menacer la pureté du lit conjugal!

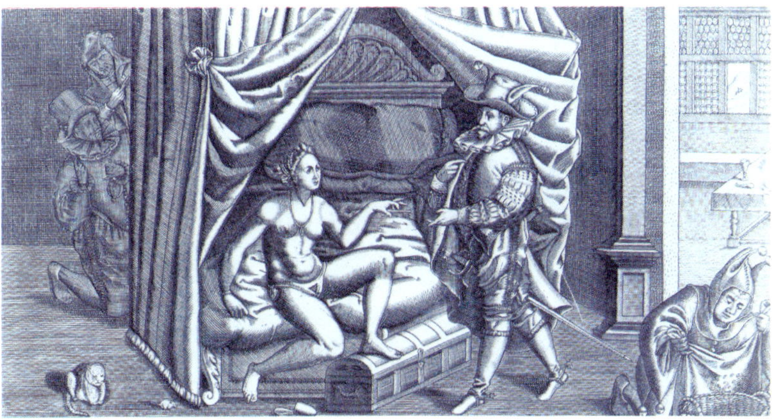

où l'on voit deux dames nobles utiliser un énorme chat roux comme instrument de supplice. Celles-ci, rencontrant le poète sur une route d'Auvergne, le prennent pour un pèlerin. Loin de les détromper, Guillaume, en quête de bonnes fortunes, sent l'aubaine et feint d'être muet. Ravies de l'occasion, Ermesent et Agnès pensent aussitôt avoir trouvé l'homme rêvé pour assouvir leurs désirs, sans faire courir le moindre risque à leur réputation. Par surcroît de prudence, elles décident cependant d'éprouver son mutisme en posant leur chat toutes

griffes dehors sur son dos. Guillaume sort victorieux de l'épreuve et, malgré ses blessures, affirme ne pas avoir eu à regretter son héroïsme! Les fabliaux, dits et autres pièces satiriques témoignent également de cette affinité entre chatte et femme, à forte connotation sexuelle; selon le *Dit de chastie-Musart,* la femme est semblable à trois bêtes de proie, à la réputation de rapacité bien établie : la chatte qui cherche, la renarde qui guette et la louve qui ravit. Avant d'inspirer La Fontaine, l'apologue de la chatte métamorphosée en femme est attesté de l'Antiquité au Moyen Age; il souligne aussi bien le caractère félin de la femme que la féminité élective du chat.

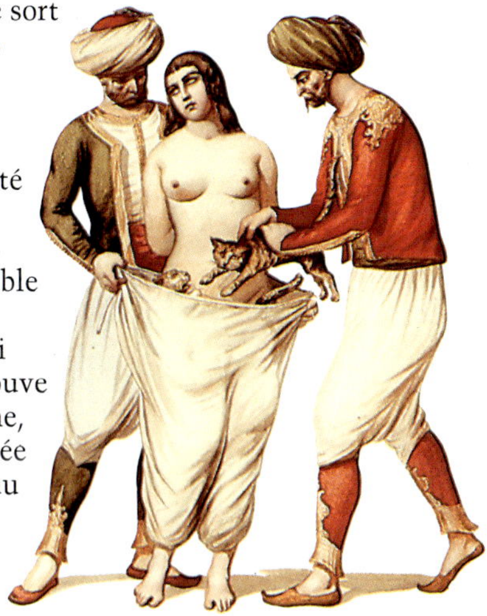

De nombreux animaux interviennent dans les superstitions populaires

Attribués fictivement à un groupe de femmes d'expérience, assagies après une vie dissolue, les *Evangiles des quenouilles* rassemblent des propos tenus à la veillée et livrent quantité de renseignements sur le folklore de la fin du Moyen Age. Là encore, le chat joue un rôle important; il apparaît intimement lié à la maison et attaché par prédilection à sa maîtresse, gardienne du foyer et détentrice d'un savoir et d'un savoir-faire oralement transmis. Véritable indicateur météorologique, le chat annonce la pluie s'il fait sa toilette sur une fenêtre au soleil et lève sa patte au-dessus de son oreille.

Cette aquarelle d'Alexandre Müller illustre un ouvrage du XIXe siècle consacré aux *Supplices des mahométans.* La «question» à la mode mahométane consiste à glisser des chats dans la culotte d'une femme. Page de gauche, *L'Annonciation* de Lorenzo Lotto; le chat qui fuit, effrayé à la vue de l'Ange, incarne le Mal et peut-être plus précisément la chair et l'instinct dépassés dans le mystère marial.

Le mois de février (ci-contre) : des paysans se chauffent au feu tandis qu'un chat familier se tient près de la porte *(Les Riches Heures du duc de Berry).*

EGO DISPONO VOBIS SICVT DISPOSVIT MIHI PATER MEVS REGN

C'est sur les murs du couvent San Marco, à Florence, que Domenico Ghirlandaio (1449-1494) a réalisé cette *Cène* aux dimensions imposantes. Judas, en avant de la sainte table, est déjà isolé, par le crime qu'il va commettre, de la communauté des apôtres. Fixant le spectateur, un chat se tient à ses pieds. Comme les oiseaux du registre supérieur, il a ici une signification précise et symbolise une trahison qui entre dans les plans divins. Par son attitude impassible et sereine, il semble savoir déjà l'inéluctable dénouement. Le chat n'est-il pas réputé avoir don de double vue? Dans la *Cène* contemporaine de la chapelle Sixtine, œuvre de Cosimo Roselli, un chien s'efforce de faire reculer un gros chat à la mine plus nettement diabolique.

Plus que tout autre animal domestique, il renseigne aussi sur l'avenir et, selon sa posture, annonce visites agréables ou importunes. Mieux, la patte tendue du chat qui se lave indique la direction d'où viendra le visiteur, la partie du corps qu'il nettoie si c'est un homme ou une femme. Ailleurs, le chat présage une longue maladie, voire la mort, quand il quitte soudainement la maison ou abandonne le lit sur lequel il avait coutume de dormir.

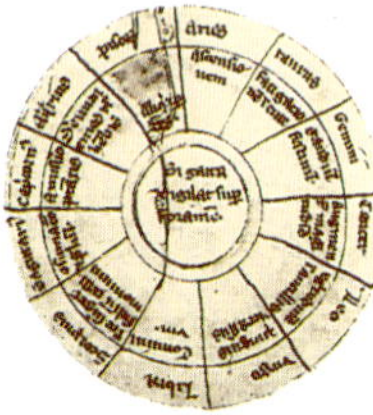

En marge d'un *Traité des urines* du médecin juif Ysaac, une figure interprète ce que signifie la rencontre d'un chat veillant sur le seuil selon le signe zodiacal de la personne intéressée : joie rapide pour un «Gémeaux», fatigue pour le «Taureau», ascension pour le «Bélier»...

Mais c'est surtout dans le domaine du sortilège amoureux que le chat a une efficacité particulière

Les jeunes gens, précisent les *Evangiles des quenouilles,* ne doivent pas haïr les chats car ils produisent grand bonheur et avancement en amour. Pour éviter que son mari ne soit infidèle, une femme doit placer son chat pendant deux jours sous une bassine retournée, sans lui donner à boire ni à manger, puis lui lier les quatre pattes ensemble, après

les avoir enduites de beurre, et le nourrir de pain trempé d'urine : par l'effet de ce remède infaillible, le mari ne quittera son épouse pour rien au monde. Le folklore germanique connaît aussi des croyances de ce genre : celui qui, le jour de son mariage, est suivi par un chat jusqu'au seuil de l'église sera particulièrement heureux. Les jeunes filles qui aiment les chats rencontreront très vite un homme et connaîtront une vie matrimoniale sans nuages, si elles croisent un chat tacheté sur la route du bal. En revanche, le chat est moins propice aux hommes : s'ils aiment les chats, ils ne trouveront pas d'épouse.

Au XIIIe siècle, de folles rumeurs se répandent sur le compte des hérétiques

C'est très précisément entre 1180 et 1233 que se répandent des accusations de démonolâtrie contre diverses sectes hérétiques où le chat se trouve mêlé à un rituel diabolique. Beaucoup de ces accusations ne sont pas nouvelles : meurtres d'enfants, débauches, adorations insensées sont des thèmes que depuis l'Antiquité les tenants du paganisme ont utilisés contre les chrétiens, et les chrétiens contre les gnostiques, les juifs, puis les hérétiques médiévaux. Cependant, le chat, quoique revêtu d'une connotation négative certaine, au même titre que de nombreux animaux, n'avait jamais encore été associé à ces crimes imaginaires. Vers 1230, Guillaume d'Auvergne, évêque de Paris, note ce changement et signale que les idolâtres de son temps, à la différence de ceux des temps anciens, voient apparaître Lucifer sous la forme d'un chat ou d'un crapaud. Plus tôt encore, Gautier Map rapporte que les patarins, des hérétiques français, se réunissent pour attendre que

Dans les histoires de maris trompés ou de femmes trop coquettes, le chat montre souvent le bout de son nez. Son attitude impudique, la queue dressée découvrant son anus, s'accorde ici à la moralité d'une gravure qui porte ce titre explicite : «Le miroir est le vray cul du diable» (page de gauche). Ci-dessus, le mari complaisant est un fou, semblable au chat qui sourit au rat (Sébastien Brant, *La Nef des fous*).

descende parmi eux, le long d'une corde, un chat noir d'une taille extraordinaire. A son arrivée, on éteint les lumières et chacun s'approche à tâtons du lieu où il se tient pour l'embrasser qui sur les pattes, qui au derrière, qui sur les parties sexuelles, selon l'ardeur de son renoncement. Un peu plus tard, une bulle du pape Grégoire IX donne un récit horrifié des pratiques dont l'aveu fut extorqué par l'inquisiteur Conrad de Marbourg. Là encore, l'apparition d'un chat noir, à la queue retroussée, est au centre de la cérémonie de réception des aspirants hérétiques. Cependant, des critiques s'élèveront rapidement contre Conrad. Ses méthodes expéditives, son fanatisme, qui le fit s'attaquer à des gens de toutes conditions sociales, entraînent sa perte : il est assassiné en 1234 et ses excès sont dénoncés par les autorités religieuses ordinaires.

Comme Salomon qui devint le jouet des femmes, le mauvais écolier, trompé et déçu par le diable, renie son créateur : médaillon d'une Bible moralisée où le chat évoque la lubricité féminine et les tentations charnelles qui guettent les clercs.

Le franciscain alsacien Thomas Murner fut un des plus acharnés détracteurs de la réforme luthérienne. Luther le tourna en dérision grâce à une étymologie fantaisiste de son nom : Murr est en effet un surnom donné au chat en pays germanique et Narr signifie «fou». Murner répondit à cette attaque en se faisant représenter en chat dans son pamphlet *Sur le grand fou luthérien* (1522). Ici, le prédicateur donne la sérénade, accompagné par une chanteuse itinérante.

En frontispice du *Traité contre les vaudois* de Johannes Tinctor, cette miniature flamande décrit l'hommage au diable : au centre, un bouc, la représentation traditionnelle de Satan; en bas, adoration d'un singe; à droite, les vaudois adorent un chat. On a suggéré que la réalité qui se cache derrière les descriptions du sabbat, où le baiser anal figure en bonne place, était celle du Carnaval où des hommes déguisés en femmes adorent leur dieu cornu par des rites obscènes tels que le soufflacul ou le baise-cul (C. Gaignebet, *Art profane et religion populaire au Moyen Age)*.

Cathares et vaudois se trouvent au premier plan des accusations

Quelle est la secte dont Grégoire IX dénonçait les agissements sacrilèges? Il est difficile de l'établir avec certitude, car le pape ne prononce pas son nom; des documents contemporains relatifs aux mêmes événements laissent penser qu'il s'agissait en fait des pauvres de Lyon, c'est-à-dire des vaudois, qui prêchaient la pauvreté absolue tout en restant fidèles au dogme catholique. Toutefois, ils ne semblent pas avoir été les premiers à supporter de telles accusations. En effet, Alain de Lille, en 1200, fait état d'une étymologie fantaisiste : le mot «cathare»

Le *Dictionnaire infernal* (1863) de Collin de Plancy est un des classiques du genre. Le démon Baël combine en une figure tricéphale trois animaux clés du bestiaire diabolique : le chat, le crapaud et l'araignée.

dériverait du mot *cattus* car c'était sous forme de chat que, disait-on, le diable apparaissait aux membres de cette secte. Au demeurant, Alain de Lille, théologien de grand renom, semble avoir accordé peu de crédit à cette théorie, qu'il ne cite que pour mémoire au même titre que d'autres étymologies plus savantes. Un franciscain allemand, David d'Augsbourg, auteur d'un traité sur les vaudois daté de 1265, rapporte qu'on les accusait d'adorer un chat ou un crapaud, mais cette accusation n'est pas fondée, selon lui, car elle avait été auparavant imputée aux cathares sans qu'il y ait de preuves bien établies. De fait, cette étymologie fictive est vraisemblablement à l'origine de l'association du chat aux cultes hérétiques, à ceux des cathares d'abord, puis de presque toutes les sectes «déviantes». Ainsi, les interrogatoires des Templiers au début du XIVe siècle comportent des articles relatifs à l'adoration d'un chat. A la même époque, Bernard Guy, inquisiteur dans le diocèse de Carcassonne, colporte les mêmes rumeurs au sujet des vaudois. Un siècle plus tard, ceux-ci n'ont plus rien à voir avec leurs homonymes du XIIIe siècle : ce sont déjà bel et bien des sorciers qui se voient reprocher le même crime d'adoration d'un chat lors de leur participation au sabbat. Les sorciers des temps modernes héritent donc du motif médiéval du chat diabolique qui trouvera hors du Moyen Age son plein épanouissement.

Les bestiaires illustrés qui fleurissent à partir du XIIe siècle puisent dans un vieux fonds de textes de l'Antiquité tardive et du haut Moyen Age, le *Physiologus,* compilation très tôt traduite du grec en latin, qui énumère les propriétés de quarante-huit animaux mais ignore le chat, puis dans les *Etymologies* d'Isidore de Séville. Enrichis au fil du temps par l'adjonction de nouveaux animaux, les bestiaires accordent une importance fondamentale au nom qui reflète l'essence même de l'être qu'il désigne : «Le chat (musio) est ainsi appelé parce qu'il est le fléau des souris (mus).»

Naissance d'une approche «préscientifique» du monde animal

Si l'intérêt d'un Vincent de Beauvais ou d'un Thomas de Cantimpré pour la zoologie reste dominé par l'idée de la Création, les encyclopédistes du XIIIe siècle restituent néanmoins une image vivante du chat médiéval. Son comportement, ses amours, sa façon de faire sa toilette ou de se lover près du feu sont soigneusement notés. Non quelquefois sans intentions moralisantes : le chat est paresseux, il émet des miaulements horrifiants à la saison des amours et se bat contre ses congénères avec une férocité bien peu domestique. Du reste, il est difficile alors de le retenir au foyer car il tend à regagner les bois et à s'ensauvager. Il existe cependant deux méthodes : si on lui coupe les oreilles, il ne quittera plus la maison, le contact des gouttes de pluie ou de rosée lui devenant insupportable; si on lui roussit le poil, il n'osera plus sortir, tant il aura honte de son pelage. Le caractère du chat, dit Barthélemy l'Anglais, évolue selon les âges de sa vie : les chatons sont agiles et joueurs, les vieux chats lourds et somnolents. Les encyclopédistes livrent aussi un véritable portrait du chat en décrivant avec minutie les différentes variétés de son pelage, les particularités de ses yeux, de ses moustaches vibratiles, de ses griffes qu'il peut à son gré faire saillir ou rentrer.

Dans les marges des manuscrits comme dans les vignettes de bestiaires, la souris n'est jamais très loin du chat, et même souvent représentée entre ses griffes.

ternu flectitur omne a quo
nos petimus te clemente
abiectis. tenebris gaudia
suas.
Hoc sacrue pr luminis
omnis natum per proprium
flamme sacro qui tecum
nitida viuit in ethera re
gnas ac moderans secula
cuncta. Amen. R. Exultata
Domine dominus nr.
ps. admirabile est no
men tuum in vniuersa terra
Quoniam eleuata e ma
gnificencia tua sup celos
Ex ore infantium z lacta
cium perfecisti laude propt

Le monde à l'envers

Les Livres d'heures recueillent les prières qui doivent être récitées aux différents moments de la journée. Certains de ces manuscrits ont reçu une illustration marginale luxueuse où se développent des thèmes profanes, tout à fait indépendants du texte. Là vit un monde où les animaux ont souvent la plus grande place et où la réalité et la rationalité n'ont plus cours. Dans ce monde renversé, les animaux agissent comme des êtres humains et les rapports d'agressivité qu'ils entretiennent entre eux échappent aux règles du monde de la nature. Ci-contre et pages suivantes : *Heures à l'usage de Paris*, commencées vers 1460-1470 et complétées au XVIe siècle. Un chat, les pattes liées, est prisonnier de deux rats qui l'entraînent sur leur vaisseau. Vers quel jugement ou quels supplices? Un monstre hybride, à tête de triton, menace d'un fouet un chat qu'il tient par la peau du cou.

Has horas canon
icas cum devocione
Tibi sancte spiritus pia

Un fauve dans la maison

Les rapports entre l'homme et l'animal sont toujours ambigus ; si l'animalité renvoie l'homme aux forces du mal sommeillant en lui, le monde animal est aussi un miroir pour l'homme médiéval qui y cherche, et y trouve sans peine, les reflets de ses attitudes et de ses comportements. Mais à cette ambiguïté essentielle s'ajoute, dans le cas du chat, une ambivalence encore plus radicale : familier, intégré au cercle des commensaux de l'homme, il n'en doit pas moins sa place dans la maisonnée à la force de ses instincts sauvages de prédateur. A gauche, un chat vise soigneusement de son arc un oiseau en plein essor. A droite, sous un fou jouant de la vèze dans un panier d'osier, un chat se lèche le derrière ou les parties génitales. Cette posture semble avoir particulièrement frappé l'attention des artistes médiévaux : par son impudicité sans doute et par sa forte connotation sexuelle.

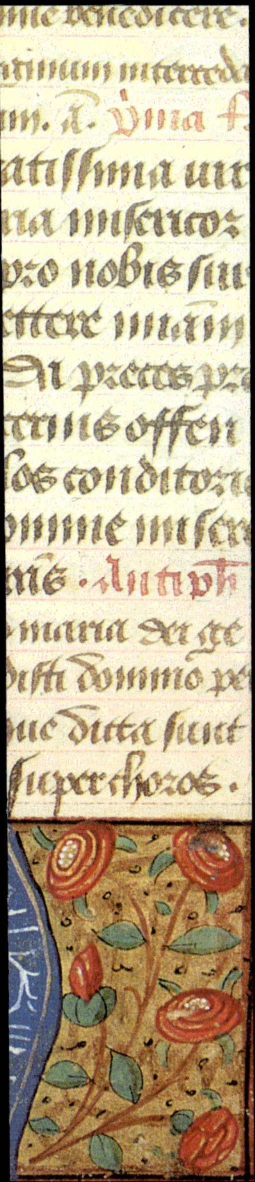

Chasser le naturel

Coiffé du coqueluchon à deux oreilles, un fou tente d'apprendre à lire à un chat. Dans le monde à l'envers, tout devient en effet possible : un chat emporte des oiseaux dans une hotte tandis qu'un autre tient en équilibre sur sa tête une corbeille de fruits (en haut, à gauche). Plus loin, le chat, qui selon le dicton populaire «aime le poisson mais ne veut pas se mouiller les pattes», recourt à la pêche à la ligne pour éviter ce désagrément (en haut, à droite). Ailleurs, on assiste à la revanche des rats, activant un gros soufflet pour pousser le feu sur lequel un chat a été mis à rôtir (en bas, à gauche)! Mais le naturel revient au galop et la souris finit par tomber dans les griffes du chat (en bas, à droite)...

Dans la tourmente de la grande chasse aux sorcières se fixe durablement l'image maléfique du chat. Mais si certains tremblaient alors, comme aujourd'hui, à la vue d'un chat noir, il y a loin de la crainte superstitieuse que ressentent en des temps troublés des hommes avides de signes palpables de la présence démoniaque à la grande hécatombe des chats dénoncée par les historiens romantiques.

CHAPITRE IV
LES TEMPS MODERNES

Le chat noir de la *Tireuse de cartes* de Clémentine Dondey, avec son regard halluciné, est de la lignée des chats sorciers. Ci-contre : mi-saltimbanque, mi-guérisseur, un montreur de chats musiciens (XVIIe siècle).

En 1797-1798, Francisco de Goya produit une série d'eaux-fortes intitulées *Les Caprices*. Trois d'entre elles comportent d'inquiétantes figures de chats, notamment celle-ci, au curieux titre : *Expérience*. Le bouc massif qui se dresse en arrière-plan situe d'emblée la scène dans le monde trouble des rituels de la magie noire. Une jeune sorcière, dont les pieds ne touchent déjà plus terre, semble retenir par l'oreille une vieille femme en lévitation. Sans doute viennent-elles de s'enduire d'un onguent, contenu dans le pot tout proche : cet onguent fameux qui permet aux sorcières de voler dans les airs. Les deux chats sont les témoins muets, mais aussi les complices, de cette mystérieuse «expérience». Ci-dessous : *L'Hommage au diable*. Un monstre, mi-homme, mi-chat, enfourché par un démon, déchiffre un grimoire.

Martin Le Franc, dès 1440, écrit son *Champion des dames* : dans ce dialogue contradictoire qui oppose un ennemi de la cause féminine et son «champion», le premier a dans son arsenal misogyne la description de vieilles femmes qui, par milliers, sous forme de chats ou de boucs, se rendent au sabbat, encore appelé «synagogue». Là, elles prêtent hommage au démon qui écoute leurs requêtes comme un juge ou un avocat, donne des leçons dans l'art de sorcellerie et tournoie au milieu de l'assemblée sous l'apparence d'un chat. Vers 1450, un anonyme savoyard raconte également que les gazares, secte dont le nom est manifestement une déformation du mot «cathares», voient apparaître un chat noir. Dans les accusations portées contre les sorciers hérétiques du XVe siècle, dans leur chat-maître de cérémonie, on retrouve encore la trace du thème médiéval.

Quand l'histoire du chat rencontre celle de la sorcellerie

La sorcellerie est un phénomène complexe : la répression s'est exercée en des temps et en des lieux différents et il ne faut donc pas s'étonner que le rôle dévolu au chat dans le discours des prévenus varie parfois notablement d'une province ou d'un pays à l'autre. Il est généralement assez rare que le démon adopte la forme d'un chat, que ce soit pour séduire le sorcier ou conduire le sabbat; exceptionnel est le cas d'une sorcière de Boucoiran, en Provence, à qui le diable Robin se présenta sous une forme féline. C'est souvent dans son désarroi, harcelée par ses juges, que la sorcière en vient à «donner sa langue au chat» et à mentionner l'animal familier – et un tant soit peu inquiétant – qu'elle voit tous les jours. En France comme en Angleterre, c'est surtout pour son commerce journalier avec la sorcière que le démon se fait chat : n'était-il pas facile d'incriminer l'animal familier d'une sorcière potentielle ou déclarée, qui, pressée de questions, finissait souvent par avouer la nature diabolique de son chat?

La sorcière n'est pas toujours une vieille femme décharnée; elle peut aussi être parée de tous les dangereux attraits de la séduction féminine. Dans cette gravure de Maleuvre, *Départ pour le sabbat,* la jeune impétrante est enduite par une sorcière plus âgée de l'onguent à base de sang de huppe ou de chauve-souris. Comme elle, le chaton qui dort sur les vêtements qu'elle vient de quitter semble bien inoffensif.

Chevaux, chats et balais...

Si les bâtons enduits d'un onguent savamment préparé constituent le véhicule traditionnel des sorcières, celles-ci se déplacent aussi volontiers sur des animaux; ce sont presque toujours des chevaux noirs en Lorraine, mais les sorcières d'Alsace ont une prédilection pour les chats : le diable, précise la sorcière Anne-Marie de Münster, mène ses affidés au sabbat dans une voiture attelée de quatre chats noirs. Ce thème semble surtout germanique : la déesse nordique Freya ne se transporte-t-elle pas dans un char tiré par un attelage de chats noirs? Il n'est cependant pas inconnu d'autres régions de l'Europe : en Frioul, par exemple, les benandanti, troupes armées qui combattent les sorciers, ne répugnent pas à utiliser les mêmes véhicules qu'eux et à se déplacer dans les airs sur des chats ou sur d'autres animaux.

Le père Athanase Kircher, un érudit du XVIIe siècle, est l'immortel inventeur d'un «orgue à chats» : des pointes fixées au bout des touches venaient piquer la queue des malheureux animaux, enfermés dans d'étroits compartiments rendant toute fuite et tout mouvement impossibles. Un concert de ce genre fut donné au roi Philippe II lors de fêtes données en son honneur à Bruxelles. Ci-dessous : le diable en personne dirige les chœurs.

Poudres magiques et invocation démoniaque : le chat dans tous ses états

La connotation diabolique du chat en fait un ingrédient efficace dans les préparations mystérieuses concoctées par les sorcières. La recette utilisée par les gazares savoyards nous est parvenue : après avoir rempli d'orge, de froment, d'avoine... la peau d'un chat noir, il convient de la placer pendant trois jours dans une fontaine puis de la faire sécher et de la piler pour obtenir une poudre aux effets terribles; jetée, par temps venteux, du sommet d'une montagne, elle rend la terre stérile et sème la dévastation sur toute une région.

En Ecosse, dans les Highlands, une cérémonie barbare, le «Taghairm» ou «Souper du diable», fut pratiquée à plusieurs reprises au XVIIe siècle : l'officiant était chargé d'empaler vifs des chats noirs et de les mettre à rôtir deux jours durant, en remplaçant les chats morts par de nouvelles bêtes jusqu'au moment où leurs miaulements déchirants provoquaient l'apparition du diable. Celui-ci acceptait alors d'exaucer tous les désirs.

Les proverbes sont un thème cher à la peinture flamande de la fin du Moyen Age. Parmi les nombreux animaux qui apparaissent dans les expressions proverbiales, le chat est rarement mentionné pour ses qualités. La cuisine est son théâtre favori : c'est là qu'il exerce la plupart de ses méfaits. «Laisser le chat aller au fromage» signifie pour une femme avoir des complaisances coupables envers un homme; être «friande comme une chatte» est aussi un vice décliné au féminin. «Vivre comme chien et chat» évoque lès querelles continuelles et la mésintelligence d'un couple mal assorti.

Déesse de la Jeunesse et de l'Amour, Freya est le pendant dans la mythologie nordique de l'Aphrodite grecque et de la Vénus romaine. Un poème eddique la blâme pour son inconstance et son attitude impudique, l'accusant d'avoir eu tous les dieux et tous les elfes pour amants. Avec son frère Frey et son père Njord, elle occupe une place importante dans les légendes scandinaves. Associés à l'idée de fertilité et de richesse, tous trois appartiennent à la race des Vanir qui combattit puis conclut une trêve avec l'autre race divine, celle des Aesir qui comprend Thor, Odin et Tyr. C'est sur le nom de Freya qu'a été formé *Friday* («vendredi»). Le peintre suédois Nils Blommer en a donné une représentation romantique : sur son char tiré par un attelage de chats, elle traverse le ciel à la recherche de son époux Od.

La métamorphose des sorciers : de la chouette au chat

Le chat intervient finalement assez peu dans les dépositions en tant qu'incarnation diabolique. En revanche, c'est presque toujours en chat que se transforment les sorciers, réputés capables de se métamorphoser pour commettre leurs méfaits. Quoi de plus facile, en effet, que d'adopter la forme anodine d'un animal souple, nocturne et silencieux pour se glisser dans les maisons et étouffer les enfants au berceau? Dans l'Antiquité et au début du Moyen Age, les striges, sorte de sorcières dévoreuses d'enfants, étaient des oiseaux nocturnes; mais les démonologues de l'époque moderne citent maintes anecdotes où le chat remplace la chouette et l'effraie. Les parents, alertés par les cris du nourrisson, parviennent-ils à frapper le chat qui s'enfuit? On retrouve alors la trace des coups sur le corps d'une vieille femme du voisinage qui avoue bientôt s'être transformée en chat ou en chatte. En 1486-1487, les inquisiteurs rhénans Henri Institor et Jacob Sprenger, auteurs du célèbre *Marteau des sorcières*, mentionnent une affaire de ce genre : un ouvrier habitant le diocèse de Strasbourg fut attaqué par trois chats tandis qu'il était en train de couper du bois. Ayant réussi à les chasser, il revint à la ville et fut accusé de coups et blessures par trois des femmes les plus considérées de la ville; le rapprochement était facile à faire : cependant, le juge fit promettre le silence à l'ouvrier et les inquisiteurs

« Antoine Lion et sa femme [...] m'ont déclaré avoir vu une nuit apparaître dans leur chambre close deux grands chats qui assaillirent un de leurs enfants. Ils dormaient et ne furent alertés que par les cris et les pleurs de l'enfant. Les deux chats avaient déjà "maléficié" l'enfant qui mourut quelques jours après de consomption. » Cette affaire survenue en Italie est rapportée par Bartolomeo Spina (1480-1546) dans sa *Quaestio de strigibus*.

Ci-dessus : le démon Haborym (Collin de Plancy, *Dictionnaire infernal*).

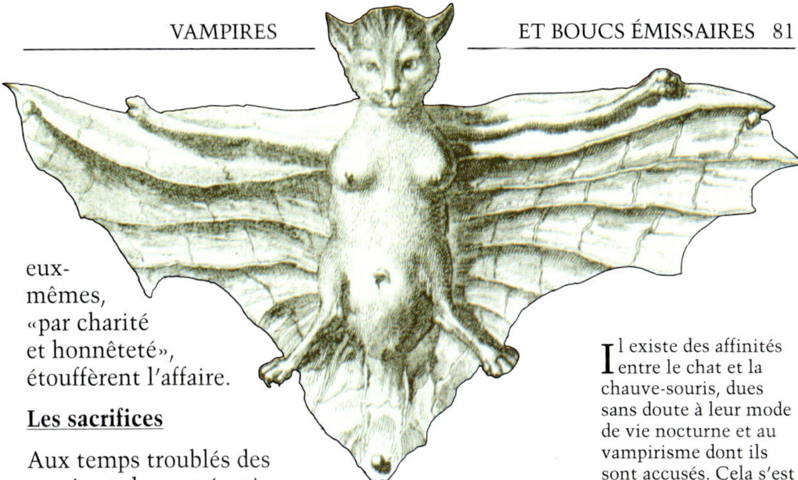

eux-mêmes, «par charité et honnêteté», étouffèrent l'affaire.

Il existe des affinités entre le chat et la chauve-souris, dues sans doute à leur mode de vie nocturne et au vampirisme dont ils sont accusés. Cela s'est parfois traduit dans la langue : certaines chauves-souris sont désignées par un nom composé sur le mot «chat» : «cate-souri» (Pas-de-Calais), «chat-souri» (Yonne), «Katzenfledermaus» (Allemagne). Ci-dessous : scène de sabbat (imagerie anglaise, XVIIIe siècle).

Les sacrifices

Aux temps troublés des procès et des persécutions, ici ou là, le discours des sorciers ou de leurs juges recourt naturellement aux animaux pour tenter de donner une forme concrète au démon : le chat, mais aussi le crapaud, le cheval et le chien en ont fait les frais.

Il ne faudrait pas pour autant imaginer des chats systématiquement persécutés, jetés par centaines dans les brasiers mêmes où brûlaient les sorciers. Si les sacrifices de chats sont attestés un peu partout en Europe à l'époque moderne, ils sont, du moins à l'origine, indépendants de la connotation maléfique du chat. En revanche, ils sont étroitement liés aux cérémonies qui rythmaient l'année. En effet, le cycle de Carnaval et de Carême était souvent marqué par la mise à mort rituelle ou symbolique d'un mannequin ou d'un animal.

85
84
82
83

20
21

13
14

to think of mending when too late,
as given for so vile a rate,
to hurt another, & to sin
eater freedom, from controll within.
s divine, & humane, should not be
restraint, to their impiety.
son should be set aside, & death
eir choice, when they resigne their breath
y should be of no esteem,
n in him, that only can redeem.
conceited pleasures come to this,
ling they descend y^e grand Abyss.

La *Démonomanie des sorciers* (1580) de Jean Bodin, juriste et économiste de renom, eut une grande influence sur le déroulement des procès en donnant une définition légale à la sorcellerie. Il croyait notamment les esprits capables de changer les hommes en bêtes : «Cela est pour confirmer le procès fait aux sorciers de Vernon qui fréquentoient et s'assembloient ordinairement en un chateau [...] en guise d'un nombre infiny de chats. Il se trouva quatre ou cinq hommes qui résolurent d'y demeurer la nuict où ils se trouvèrent assaillis de la multitude de chats; et l'un des hommes y fut tué, les autres bien marquez, et neantmoins blessèrent plusieurs chats qui se trouvèrent après muez en femmes, et bien blessées. Et d'autant que cela sembloit incroyable la poursuite fut délaissée.» Ci-contre : gravures illustrant un traité anglais de démonologie *(Discourses of Witchcraft,* 1621).

Le solstice d'été, ou cycle de la Saint-Jean, était aussi l'occasion d'allumer de grands feux de joie où, dans certains lieux, on avait coutume de jeter des animaux. Les chats ont été au nombre des victimes de ces réjouissances populaires. Si le sacrifice était régulier et annuel à Metz – où treize chats étaient brûlés à chaque Saint-Jean –, ailleurs en France, le sacrifice d'un ou de plusieurs chats n'accompagne pas régulièrement le feu de joie rituel et paraît constituer une sorte de divertissement exceptionnel. Dans d'autres régions d'Europe (Allemagne, Angleterre), les chats ne sont pas brûlés mais noyés.

Des pratiques à caractère sexuel et agraire...

Les assistants dansent la ronde autour du foyer, s'embrassent, sautent par-dessus les flammes pour se marier dans l'année, utilisent la cendre comme un agent de protection magique contre la maladie et les malheurs. Les chats sacrifiés dans le cadre des cérémonies ont donc pu être assimilés à des génies de la végétation, dont la mort assure à la collectivité un an de fertilité et de prospérité. Du reste, on tuait aussi des chats, des chiens, des coqs ou des renards à la fin

«Est-il quelque mélancholie qui vaille celle de ce fou qui veut donner de la bouillie à ce ridicule matou? Mais je trouve encore plus sotte l'extravagance de Margot qui l'embéguine et l'emmaillotte plus estroittement qu'un fagot.» Ce commentaire d'une gravure au thème identique pourrait illustrer aussi ce tableau de Niccolo Frangipani qui, selon E. Foucart-Walter et P. Rosenberg, décrirait une coutume de la Chandeleur où l'on parodiait avec un chat saint Joseph donnant la bouillie à l'enfant Jésus.

de la moisson : en Franche-Comté, par exemple, «tuer le chat» c'est couper la dernière gerbe. On a pensé également que le chat sacrifié pouvait représenter le froid et l'hiver ou encore les vermines et influences malfaisantes mettant en danger les semailles de l'automne et du printemps.

Un peu différente est l'explication avancée pour justifier la coutume observée à Ypres, où les chats sont jetés du haut du beffroi chaque mercredi des Cendres. Ces chats appartiendraient en effet à la catégorie des «boucs émissaires», étudiée par l'ethnologue Frazer : ils symbolisent le mal, périodiquement expulsé au cours d'une cérémonie sanglante.

En Flandre ont lieu les fêtes les plus excentriques : combats de chants de pinsons, courses aux ânes, divertissements de la queue de cochon savonnée... Le Jet des chats appartient au répertoire de ces fêtes traditionnelles, aujourd'hui encore pratiquées. A Ypres également se déroule chaque année une Foire aux chats. Chapiteau du XVe siècle : c'est traditionnellement un fou qui aurait été chargé de jeter des chats vivants du haut de la tour d'Ypres.

Dans l'Antiquité, des sacrifices humains étaient pratiqués pour assurer la pérennité des constructions

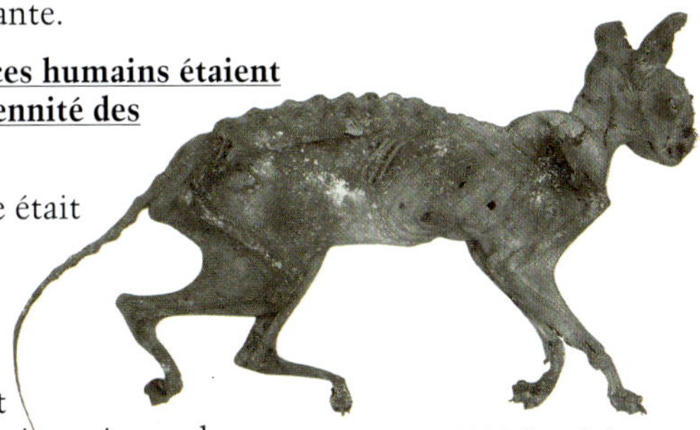

Cette immolation inaugurale était jugée nécessaire pour que les chemins ou les édifices puissent être utilisés sans inconvénients. Peu à peu, les victimes humaines furent remplacées par des bêtes de prix, puis par des animaux communs, tel le chat. A Liège, par exemple, un chat était enfermé dans le logis neuf jusqu'à ce qu'il y meure de faim. La démolition de vieilles maisons, datées surtout de l'époque moderne, a permis d'intéressantes découvertes : à Quiberon, à Rouen, au château de Saint-Germain, dans l'église Saint-Jacques à Saint-Quentin, rue Mouffetard à Paris et dans de nombreuses villes anglaises ont été retrouvés dans des fondations une trentaine de chats momifiés. Parfois, un rat était placé à côté de l'animal : il est possible que l'on ait cherché ainsi à détourner de la demeure les rongeurs.

En 1915, lors de la démolition d'une maison située dans la propriété de Bloomsbury, appartenant au duc de Bedford, on retrouva ce chat desséché. Les plus anciennes momies datées sont de la deuxième moitié du XIIIe siècle, les plus récentes du début du XXe, ce qui montre une belle permanence dans la pratique de ces rites.

Plusieurs légendes relatives à la construction d'un pont mettent également en scène un chat. Que ce soit à Saint-Cloud, près de Paris, à Saint-Cado, en Basse-Bretagne, à Beaugency ou ailleurs, l'histoire est toujours la même : le diable se charge de la construction d'un pont, en échange de l'âme de la première personne qui le franchira; mais il se fait duper et doit se contenter d'un chat, lâché à propos sur le pont.

«Lors d'une visite au pont de Gabarit [...] on nous dit que peu de temps après l'achèvement de cet ouvrage [...] les habitants du pays portèrent un chat sur le pont et le précipitèrent dans la vallée; cette chute de plus de cent mètres ne le tua pas; un second chat fut jeté du haut du tablier et brisé sur la terre.» Cette anecdote rapportée en 1894 par Pierre Sébillot montre la longévité de l'offrande de fondation, accordée selon lui à la divinité fluviale.

La Renaissance : un temps de renouveau pour la zoologie

«Le chat est un animal familier et domestique que tout le monde connaît.» Ainsi s'ouvre le chapitre «Felis» de la célèbre *Historia animalium* publiée en 1551 par Conrad Gesner, médecin, naturaliste et bibliographe averti. Loin de l'image diabolique du chat, ce sont des savants tels que le Suisse Gesner et les Italiens Aldrovandi et Soderini qui nous restituent paradoxalement, au milieu des informations les plus érudites, le chat de la vie quotidienne.

Gesner et Aldrovandi, au milieu du XVIe siècle, renouent avec l'Antiquité et rassemblent tout ce qui s'est dit jusqu'à leur époque sur le chat, auquel ils rendent son nom latin oublié, *felis.* Mais ce ne sont pas de simples compilateurs de citations antiques et modernes : Gesner, contre Aristote et Pline qui affirmaient que le chat vivait environ six ans, constate que de son temps la durée de vie d'un chat est d'environ dix ans et celle d'un chat castré encore plus longue. Il décrit, avec un luxe de détails qui témoignent d'une longue observation, la façon dont un chat réagit voluptueusement aux caresses de l'homme, frotte sa tête et offre tout son corps à la main qui le flatte, va et vient entre les jambes de son maître. Le

ronronnement, les miaulements, le feulement et même les mouvements de la queue du chat sont pour lui un véritable langage qui exprime les différents sentiments de l'animal. Le comportement du chat dans la maison et à la chasse, sa reproduction sont minutieusement étudiés. Aldrovandi, le premier, souligne que le félin se distingue du chien par l'attachement qui le lie à son foyer plus qu'à son maître : emporté dans un sac, précise-t-il, un chat trouve toujours le moyen de revenir chez lui. La pratique de la stérilisation des chats semble du reste courante au XVIe siècle : on rend ainsi les mâles plus doux, plus corpulents et moins enclins à vagabonder à la saison des amours.

La naissance de monstres signalait, croyait-on, quelque catastrophe imminente et le courroux divin. Ulysse Aldrovandi s'est intéressé à ces questions d'un point de vue scientifique et descriptif dans son *Histoire des monstres.* Il y signale tous les cas connus non seulement d'hommes mais d'animaux monstrueux : chats «siamois» à trois corps, chat aux pattes difformes, chat à six pattes. Il signale même le cas d'un chat à jambes humaines.

Le chat dans la médecine animale : allergies et phobies

La chair du chat, selon Gesner, est considérée comme un mets délicat en Espagne et en Italie; en revanche, on s'accorde à penser que sa cervelle est un poison qui rend fou. L'animal est également accusé de provoquer des troubles respiratoires graves; il faut prendre garde à ne pas avaler ses poils, sous peine de suffocation, et même son haleine est nocive : un monastère aurait été décimé car les moines dormaient avec leurs chats. Plus généralement, par ces temps de peste, on recommandait d'empêcher les divagations des chiens comme des chats afin d'éviter qu'ils ne ramènent dans la maison l'air vicié respiré au-dehors. Ces conseils et ces prescriptions, que l'on trouve chez de grands médecins, tels Matthiole ou Ambroise Paré, semblent reposer sur l'intuition

des phénomènes d'allergie aujourd'hui bien connus. Mais on possède également des témoignages sur la peur panique que pouvait inspirer le chat : «Certains, souligne Gesner, se trouvent mal sous le regard d'un chat; d'autres défaillent à sa seule présence.» De nombreux Allemands, ajoute-t-il, se mettent à suer, pâlir et trembler lorsqu'ils sont sans le savoir dans la même pièce qu'un chat. Pour Gesner, pressentant la violence de la phobie, ce n'est pas le chat en lui-même qui détermine ces réactions violentes mais une disposition pathologique de l'homme. La médecine en utilise aussi les propriétés bénéfiques : les préparations à base de viande, de foie ou d'excréments de chat viennent à bout des hémorroïdes, des varices, des lombalgies, de la goutte, de la fièvre quarte, des calculs rénaux et de certaines affections des yeux...

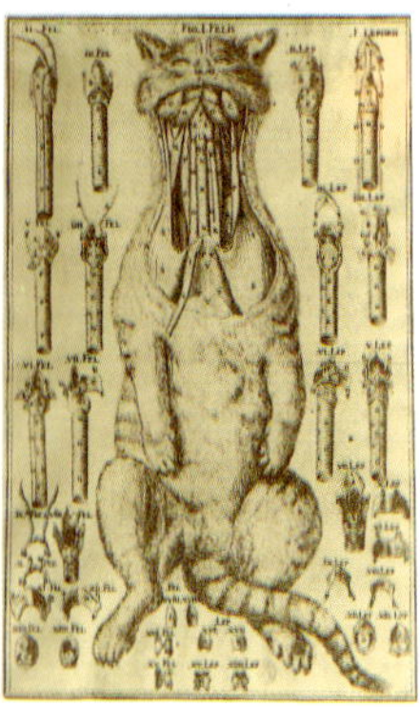

Hommes et animaux vivent côte à côte dans cet *Intérieur flamand* rempli d'une intense activité. Seul le chat dort, confortablement installé sur le berceau où heureusement l'enfant n'est plus.

Parallèlement à la connaissance de l'anatomie humaine, grâce au Flamand Vesale, à l'Anglais William Harvey et à Ambroise Paré, l'anatomie animale fait aussi de grands progrès. On doit à Casser une *Histoire des organes de la voix et de l'ouïe* dont est extraite cette planche montrant les voies respiratoires du chat.

Du caractère des chats suivant la couleur de leur poil

Une amorce de classification des chats apparaît chez Jérôme Cardan, illustre médecin milanais. Selon lui, les chats noirs sont cruels et audacieux car pleins d'«atrabile», humeur qui passait pour causer chez l'homme la mélancolie; comme les chats roux, ils seraient originaires des pays froids. En revanche, la pituite ou phlegme, une autre des quatre humeurs fondamentales du corps, domine chez les chats blancs et les rend paresseux. Les chats rayés sont les meilleurs, à la fois doux, dociles, intelligents et bons chasseurs de souris; ils sont appelés «chats syriens» en Italie, précise Cardan, car ils viennent des régions chaudes.

Vignette ouvrant l'article «Felis» de l'*Histoire des quadrupèdes* de Conrad Gesner, somme inégalée de la science zoologique du temps. Ce beau chat rayé a été sans cesse reproduit par les successeurs de l'érudit suisse.

Les chats syriens : des ratiers d'importation

Ignorés par Gesner, les chats syriens semblent s'être d'abord implantés en Italie. Selon Aldrovandi, dont la description est plus précise que celle de Cardan, leur pelage est gris cendré, rayé de blanc et de noir; hauts sur pattes, ils ont un large poitrail et un regard farouche mais sont de bonne composition, chasseurs infatigables et gardiens fidèles, se contentant de peu de nourriture.

Le Florentin Soderini (1526-1597), auteur d'un *Traité des animaux domestiques,* ne tarit pas d'éloges sur le chat qui, malgré son naturel toujours un peu sauvage, est indispensable à la ville comme à la campagne pour purger les maisons des rongeurs. Ainsi, il faut veiller à avoir chez soi des spécimens de «bonne race», notamment des chats de la «race tigrée», semblables à des lions miniatures, plus grands que leurs congénères et dotés d'un beau pelage. Soderini recommande même, pour maintenir la pureté de cette race, de surveiller leurs amours!

Quoiqu'il soit hasardeux d'assimiler les races du XVIe siècle aux

La peau de chat faisait l'objet d'un commerce plus ou moins occulte : mieux vaut pour un chat ne pas avoir trop belle fourrure (Recueil de proverbes de Jacob Cats, illustré par Van de Venne, 1632).

contemporaines, il n'est pas impossible que ces chats syriens ou tigrés soient à l'origine de nos compagnons européens «tabby». Difficile à dater de façon précise, leur importation est suffisamment récente pour que les zoologistes italiens du XVIe siècle leur attribuent explicitement une origine exotique. C'est peut-être un de ces chats dont parle Joachim du Bellay dans l'épitaphe composée en 1558 à l'occasion de la mort de son petit «Belaud» : le poète dit, en effet, qu'il ne ressemblait pas aux chats de France mais aux chats «romains».

Un siècle plus tard, certains spécimens tigrés furent introduits en Angleterre, notamment par l'archevêque de Canterbury, William Laud, en 1630.

Cette gravure allemande du XVIIe siècle, signée Gerhard Altzenbach, donne une interprétation satirique du proverbe «vendre chat en poche» ou de son contraire «acheter chat en sac», qui signifie acquérir une marchandise sans l'avoir vue et sans l'avoir évaluée à sa juste valeur, au risque de se laisser abuser. Une grande animation règne sur cette place où les affaires vont bon train : des hommes de bonne mine entreprennent vivement de naïves jeunes femmes. Le mariage est en effet souvent un marché de

D'abord d'un coût élevé (ils valaient 5 livres pièce), leur implantation semble avoir été extrêmement rapide.

«Comment peut-on être persan?»

Après la démocratisation des chats tigrés, s'installcnt en Europe au XVIIe siècle des races encore plus rares, au poil long et soyeux, qui font l'objet d'un véritable trafic. Deux hommes ont joué à cet égard un rôle essentiel. A la suite d'un amour malheureux, l'Italien Pietro della Valle (1586-1652) prit l'habit de pèlerin et s'embarqua à Venise en 1614. Ses voyages le conduisirent à Rhodes, Constantinople, Alexandrie, Bagdad, Chypre... Dans une lettre datée du 20 juin 1620, envoyée d'Ispahan,

dupe et les masques ne tombent qu'une fois le contrat conclu. C'est ce que ne dit pas le charlatan vendeur de chats au couple qui s'avance. On songe ici à ce que proclamait vertement Montaigne : «Les filles qui se marient achètent chat en sac»...

il déclare son intention de ramener à Rome des «chats de Chorazan», à poils longs, c'est-à-dire des angoras. En France, Nicolas Claude Fabri de Peiresc (1580-1637) se signala par une curiosité d'esprit hors du commun : conseiller au parlement d'Aix, antiquaire, philologue, astronome, cet érudit fut aussi un grand naturaliste et un collectionneur d'espèces rares. Dans son énorme correspondance, des lettres révèlent la part qu'il prit à l'acclimatation de chats exotiques. En 1631, il fait venir dans sa propriété de Beaugensier, par l'intermédiaire d'un certain Pelissier, des «chats d'Ancyre ou Angoury» (Ankara, en Turquie), les ancêtres de nos chats persans. Lui qui n'aime pas les chats d'Europe s'attache fort à ces chats luxueux qu'il échange parfois contre des objets précieux ou offre à de grands personnages dont il gagne ainsi la bienveillance et la faveur. Il évite le mélange des races, fait de savants croisements et suit de loin le destin de ses protégés, lorsqu'il en a fait don.

« Et quant aux beaux chats d'Ancyre ou Angoury, que vous savez bien que j'avais fait venir avec quelques chèvres de ce même pays, et qui par mes soins et les dons que j'en ai fait sont à présent fort connus en ce pays, de même qu'à Paris, je vous en réserve des plus beaux que j'ai. [...] J'ai grandement obligation à ces animaux qui ont délivré mes livres des attaques fréquentes que leur faisaient les rats. »

Lettre de Peiresc au collectionneur aixois Borelli, 31 janvier 1631

A côté de ces quelques privilégiés, la vie des chats est encore difficile

Présents dans toutes les demeures, ils restent avant tout des chasseurs et ne sont qu'exceptionnellement des objets d'affection. Souvent, on répugne même à les nourrir pour les rendre plus efficaces. Le cas de Ronsard est significatif; il proclame bien haut sa haine des chats mais en abrite chez lui. En Angleterre, bien des gens considéraient les chats comme un gibier ou un objet de divertissement : en 1638, un certain William Smyth provoqua un remue-ménage dans le chœur de la cathédrale d'Ely où il faisait rôtir un chat! Sous le règne de Charles II (1660-1685), l'effigie du pape était brûlée au cours de processions solennelles; pour développer l'effet dramatique, on la bourrait de chats vivants. Dans les foires campagnardes, tirer sur un chat suspendu dans un panier était un amusement populaire.

La mauvaise réputation diffuse du chat, indissociable de sa banalité même, explique sans doute plus que son aura maléfique l'indifférence teintée de méfiance qu'il suscite et les mauvais traitements qui lui sont réservés à la Renaissance et au XVIIe siècle. Alexander Pope, en 1713, affirmait que la plaisanterie qui dit qu'un chat possède neuf vies avait coûté la vie à neuf chats sur dix.

Le lubok, imagerie populaire russe, prend son essor sous le règne de Pierre Ier. Les sujets abordés ont du reste souvent à voir avec les réformes ou la personne de ce tsar contesté qui tenta d'occidentaliser la Russie : il interdit notamment le port de la barbe! Le «chat de Kazan» a des moustaches effilées semblables à celles du tsar quand il revint de son voyage en Europe. «Il a vécu glorieusement, bien mangé et vessé suavement», comme Pierre Ier qui, en 1697, créa le Bouffon Concile. L'enterrement du chat Brys (ci-contre), cruel et malfaisant, renvoie au convoi funèbre du tsar : cette image a connu un immense succès.

猫石の怪

Le *Chat-sorcière d'Okabe*, œuvre du peintre japonais Utagawa Kuniyoshi (1797-1861), servit d'affiche à une représentation de l'école Kabuki qui eut lieu au théâtre Ichimura. Les acteurs du théâtre Kabuki étaient fort réputés et ont généralement la première place à l'affiche. Mais le chat domine ici la composition, rôle titre qui était tenu par Onoye Kikugoro III. Le chat du premier plan a une serviette sur la tête, allusion à une superstition originale : toute serviette perdue était, croyait-on, volée par un chat; après s'en être emparé, il rejoignait ses complices et dansait avec eux la danse du chat. S'il a sacrifié au thème universel du chat-sorcier, Utagawa Kuniyoshi était aussi un ami des chats : il est en effet l'auteur d'une estampe représentant cinquante-trois chats aperçus le long de la route de Tokaido, chacun saisi sur le vif, dans une attitude différente.

PER VN BACIO DATO
DA VNA BELLA E GRANDE SIGNORA
AD VN GATTO
SONETTO
Questo scolpito in tela amabil Gatto,
Gustò di Bella Dea bacio amoroso,
E al Viuo poscia fattone il Ritratto,
Si tien ben custodito, e assai geloso.
Affinchè possa appien serbarsi intatto
Qual Armellin, che viue timoroso,
E acciò preso non sia, sen fugge ratto
A stare in Bosco, o in luogo più nascoso.
Così Tu ancora, o Gatto auuenturato,
Serba intatta la Bocca, e puro il Core,
E à Colei pensa sol, che ti ha baciato;
E fà che solo a Mè permetti Amore,
Che un Bacio scocchi, e mi riprendi il dato
Bacio Amoroso per temprar l'Ardore

À partir de la deuxième moitié du XVIIe siècle, le chat entre en littérature après avoir gagné les faveurs des milieux bourgeois et aristocratique. De chasseur qu'il était, d'humble habitant du foyer, peu ou mal nourri, il devient un compagnon apprécié pour sa grâce et son élégance et commence à jouir d'un statut comparable à celui du chien, plus que jamais son rival...

CHAPITRE V
SA MAJESTÉ LE CHAT

Le chat Armellino, ayant goûté «d'une belle déesse le baiser amoureux», renonça aux rats et ne but que du lait «afin de conserver sa bouche intacte et son cœur pur» pour la poétesse Alessandra Forteguerra, sa maîtresse (portrait de Giovanni Reder, accompagné d'un sonnet de l'abbé Bertazzi).

Le chat a eu de tout temps des amis déclarés : Pétrarque, le Tasse, du Bellay aimaient les chats et les ont chantés; le cardinal de Richelieu raffolait des petits chatons qu'il remplaçait sitôt qu'ils avaient atteint l'âge de trois mois. Mais il s'agit encore d'exceptions isolées avant la première moitié du XVIIe siècle. Peu à peu, en gagnant la faveur des élites, le chat fait parler de lui et acquiert ses lettres de noblesse...

Les amorces d'une transformation de la sensibilité à l'égard des animaux domestiques

Si Montaigne dénonçait la cruauté enfantine envers les animaux comme l'origine de grands vices chez l'homme adulte, bien peu avaient alors l'âme si sensible. Héroard, célèbre médecin de Louis XIII, rapporte cependant que le jeune roi demanda grâce pour des chats que l'on menait au bûcher de la Saint-

De nombreux peintres, surtout au XVIIIe siècle, ont fait le portrait de jeunes filles ou d'enfants tenant dans leurs bras ou ayant près d'eux un jeune chat. Parmi eux, Boucher, Fragonard, Goya... Le tableau de Jan Miense Molenaer aurait cependant une signification morale : selon E. Foucart-Walter, l'insouciance des enfants est guettée par un coup de griffe, comme les plaisirs de l'homme sont menacés par un coup du destin.

Jean. Au siècle des lumières, le mouvement semble s'accélérer : en 1758 furent publiées à Metz des *Remonstrances respectueuses des chats de la ville de Metz à Messieurs les Conseillers, Echevins et Magistrats de ladite ville,* signe que les temps avaient changé et que les animaux sacrifiés à la Saint-Jean trouvaient désormais des défenseurs, du moins chez les esprits éclairés, qui voyaient dans la cérémonie messine une «honte de l'esprit». Ce n'est cependant qu'en 1773 que Mme d'Armentières, femme du commandant en chef des Trois-Evêchés, obtint la suppression définitive de la coutume messine. A Ypres, on ne renonça totalement au jet des chats qu'en 1817...

Cette gravure de William Hogarth, *Première Etape de la cruauté,* bat en brèche le mythe de l'enfant naturellement bon : la cruauté envers les animaux annonce en lui le tyran à venir. L'éducation constitue donc un véritable devoir civique. Hogarth a du reste une intention didactique et commente ainsi son œuvre : «Apprenez de ce bel exemple, vous qui aimez ces sauvages plaisirs, que la cruauté offense la vue autant que la pitié la charme.»

Un nouveau regard : l'exemple anglais

Vers 1630, dans la maison d'un grand marchand londonien, on découpe des chatières dans les portes, «même dans les plus belles pièces» remarque, non sans surprise, un chroniqueur du temps. Daniel Defoe (1660-1731), l'auteur de *Robinson Crusoé,* signale également que peu de familles londoniennes étaient sans chat, certaines en ayant plusieurs, parfois cinq ou six. Selon un historien anglais, dès 1700 se serait développé en Angleterre un goût obsessionnel pour les animaux domestiques, ou *pets,* délicatement nourris, parfois mieux que les serviteurs, parés, portraiturés, en un mot élevés au rang de membres de la famille. C'est donc à partir des demeures bourgeoises et aristocratiques que le chat semble avoir acquis peu à peu un statut plus enviable.

La Fontaine immortalisa le singe Bertrand et le chat Raton dans une fable où la supériorité du singe, le plus malin des animaux, s'exerce aux dépens du chat aveuglé par la vanité comme un certain corbeau… Mais ce tableau de David Teniers le Jeune (1629-1670) nous renvoie une fois de plus à la riche thématique du monde à l'envers où les animaux ont des comportements humains. Dans ce salon de coiffure, des singes barbiers s'affairent autour d'une clientèle féline venue se faire raser ou friser les moustaches au fer. Il est de nombreux exemples de ces «singeries», représentations burlesques de singes dans les situations les plus étranges : les *Singes au corps de garde* du même Teniers le Jeune montrent des singes mousquetaires auxquels est amené un prisonnier, un chat, vêtu d'une vareuse à brandebourgs.

Les premiers signes de la mode du chat en France datent eux aussi du début du XVIIe siècle

Les voyageurs français en Orient, tel Pitton de Tournefort en 1700-1702, soulignent l'amour des Turcs pour les chats, tenus pour des animaux propres et purs au contraire des chiens qui se voient interdire l'entrée des maisons. C'était encore semble-t-il un sujet d'étonnement, mais dès 1727, Paradis de Moncrif affirme que certains chats parisiens n'ont plus rien à envier à leurs congénères d'outre-Méditerranée. De fait, au XVIIe siècle étaient apparus les premiers signes de ce changement, et certains se moquaient déjà de la mode qui consistait à s'enticher d'un chat : Scarron (1610-1660), dans une épître savoureuse, évoque Mme de Montatère, si folle de son chat qu'elle l'attifa un jour de pendants d'oreilles, collier de perles, chemise, jupe, «hongreline, colet et mouchoir de cou»

“ Nous verrons un jour le mérite des chats généralement reconnu. Il est impossible que dans une nation aussi éclairée que la nôtre, la prévention à cet égard l'emporte encore longtemps sur un sentiment aussi raisonnable. [...] Il est impossible qu'on ne parvienne point à sentir que dans son chat on possède un ami de très bonne compagnie, un pantomime admirable, un astrologue né, un musicien parfait, enfin l'assemblage des talents et des grâces.”

Paradis de Moncrif

Célèbre par sa beauté et la vivacité de son esprit, la marquise du Deffand, dont on voit ici les chats, constitua un des salons les plus en vue du XVIIIe siècle. Chez elle se retrouvaient des grands seigneurs, des hommes de lettres et de science comme Fontenelle, Montesquieu, Voltaire, Marivaux et d'Alembert, des étrangers de marque. Frappée de cécité, elle ne perdit en rien de sa verve et entretint une abondante correspondance qui reste un document unique sur l'histoire de la société du temps.

qui, «du marcou firent une brave donzelle». Quand l'animal parvint à s'échapper, Mme de Montatère aurait eu moins de regrets de la perte de ses bijoux que de celle de son chat! Plus émouvant est le cas de la protectrice de La Fontaine, Mme de La Sablière, qui, lorsqu'elle renonce aux plaisirs mondains et réduit sa dépense en 1679, ne garde que «son chien, son chat et son La Fontaine».

Les salons imposent littérairement le chat dont Paradis de Moncrif devient le chantre

En 1727 parut anonymement, sous le titre *Les Chats,* l'ouvrage qui allait immortaliser le chat domestique. L'auteur en était François Augustin Paradis de Moncrif (1687-1770), un homme de cour qui fut notamment lecteur de la reine Marie Leczinska et de la dauphine, puis administrateur général des Postes. Son ouvrage, «gravement frivole», se présente comme une suite de lettres humoristiques adressées à une marquise où l'on sent, au-delà du ton badin, un véritable amour des chats. Moncrif entend réparer deux injustices : s'il existe des éloges du pou,

Ci-dessus : gravure de Caylus illustrant la tragédie lyrique de Paradis de Moncrif. Page de gauche : *La Leçon de lecture* de Jan Steen.

“La charité des mahométans s'étend même sur les animaux. [...] On aura de la peine à croire qu'il y ait des fondations établies par des testamens en bonne forme pour nourrir un certain nombre de chiens et de chats, pendant certains jours de la semaine; cependant, c'est un fait constant et l'on paye dans Constantinople des gens pour exécuter l'intention des testateurs.”

Pitton de Tournefort, *Relation d'un voyage du Levant*

(Ci-contre : la Fête des chats au Caire.)

de la puce, du chien, de l'oie, du cheval... rien avant lui n'a été écrit pour le chat. Il s'attaque aussi à la mauvaise réputation de l'animal qui, totalement infondée, n'a pas manqué de nuire à l'espèce féline : Fontenelle, présenté par Moncrif comme un converti à l'«ailourophilie», avait ainsi été élevé à croire que les chats allaient au sabbat la nuit de la Saint-Jean, ce qui ne l'empêchait pas d'ailleurs d'avoir un chat dont il s'amusait beaucoup... Chats d'Egypte, légendes indiennes ou ottomanes, proverbes, étymologies, débats scientifiques, chats du Levant implantés en Europe par la dynastie (fictive!) de la chatte Brinbelle, vers dédiés à d'illustres chats, on trouve tout cela et plus encore dans le livre de Moncrif. Il lui valut cependant bien des moqueries : Voltaire et le critique Melchior Grimm, au premier rang des rieurs, l'éreintèrent, lui donnant le surnom d'«historiogriffe» et le renvoyant à ses gouttières. En 1733, lors de son

LES

CHATS

A PARIS,

Chez GABRIEL-FRANÇOIS QUILLAU Fils, Imp. Lib. Jur. de l'Université, rue Galande, à l'Annonciation.

M. DCC. XXVII.

Avec Approbation & Privilege du Roy.

Les chats furent déclarés cause philosophique par Moncrif, à la suite d'un incident qui eut lieu un soir au cours d'une conversation de salon : «Un chat a paru et une de mes adversaires a eu la présence d'esprit de s'évanouir; on m'a déclaré que tous les raisonnements de la philosophie ne élection à l'Académie française, parut anonymement une parodie de discours, *Le Miaou ou très docte et très sublime harangue miaulée par le seigneur Raminagrobis le 29 décembre 1733, jour de sa réception à l'Académie françoise.* Mieux vaut, comme on l'a fait, l'attribuer à Moncrif lui-même, retournant avec ironie les sarcasmes qui lui avaient été adressés, qu'y voir une pique de plus contre le premier historien des chats.

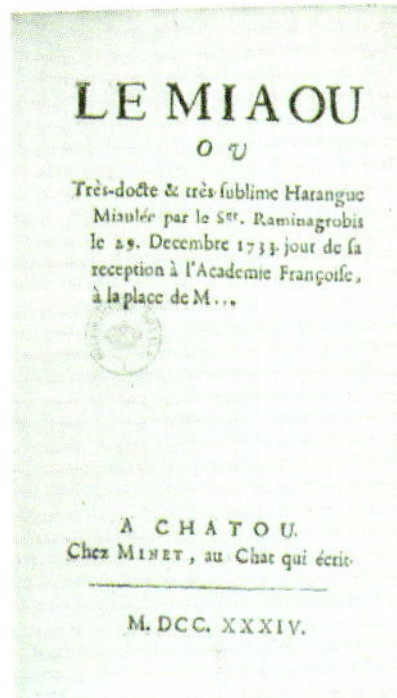
LE MIAOU
OU
Très-docte & très-sublime Harangue Miaulée par le Sgr. Raminagrobis le 29. Decembre 1733. jour de sa reception à l'Academie Françoise, à la place de M...

A CHATOU.
Chez MINET, au Chat qui écrit.

M. DCC. XXXIV.

L'animal miroir de l'homme ou les origines du succès des chats

Au-delà de la mutation des sensibilités qui se fait sentir au tournant des XVIIe-XVIIIe siècles, n'y a-t-il pas des raisons particulières aux prévenances envers le chat, jusque-là si peu considéré? Si l'on en croit Moncrif, qui, en conclusion de ses *Lettres,* peint le portrait du chat moderne, l'espèce féline a bien des qualités : naturellement gais, libres et indépendants, les chats forment dans les villes des sortes de républiques et y trouvent de quoi assurer leur subsistance et leurs plaisirs. A la différence du chien, animal du besoin, «esclave fidèle» qui «sent l'indigence prochaine», le chat va vers l'homme par pure tendresse et lui prodigue gratuitement l'agrément de son commerce. On lui reproche ses griffes acérées, sans

pourraient rien contre ce qui venait de se passer; que les chats n'ont été, ne sont et ne seront jamais que des animaux dangereux insociables.»

tenir compte des efforts constants qui lui sont nécessaires pour faire patte de velours. Ses sentiments sont élevés, son caractère fin et enjoué, son corps rempli de grâce et d'harmonie. D'une certaine manière, le chat semble l'animal qui s'accorde le mieux à l'esprit du XVIIIe siècle : on s'y veut frondeur, spirituel, en un mot libre tout en recherchant le confort et l'intimité du salon où se fait la mode. L'influence de l'Angleterre, très sensible en France à cette époque, a pu également favoriser le développement de la mode du chat dans notre pays.

Enfin, il ne faut pas négliger le rôle des femmes de l'aristocratie dans l'exaltation du chat. Moncrif conclut, en effet, sa préface sur ces mots éloquents : «Que de femmes, passionnées pour l'espèce chatte, vont dévorer cette histoire! Et combien d'hommes qui sont femmes sur cet article...» De fait, les chats ou les chattes qui, à travers lui, ont laissé leur nom à la postérité – Moricaut, Morlamain, Ménine, Tata... – appartiennent presque tous à de grandes dames. Parmi elles, certaines «précieuses» ont sans doute contribué à imposer le chat dans les salons et dans les cœurs dès la fin du XVIIe siècle; ainsi Mme Deshoulières (1638-1694) qui a chanté ses animaux familiers, et notamment Grisette, l'héroïne d'une tragédie dont les personnages sont tous des félins.

Ces chats et ces chattes se distinguaient d'ailleurs du commun; Ménine, appartenant à Mme de Lesdiguières, ne condescendit jamais à l'amour des matous. Brinbelle, chatte de l'hôtel de Guise, resta fidèle à son époux Ratillon d'Austrasie après qu'un voisin jaloux l'eut attiré par de fourbes caresses et fait châtrer par un chaudronnier!

Mademoiselle Dupuy, harpiste de talent, était fort attachée à son chat dont elle avait remarqué le goût pour la musique. A sa mort, le 7 octobre 1677, elle lui aurait légué, selon Moncrif, deux habitations, à la ville et à la campagne, et une rente viagère. Un factum donne une version plus précise de l'histoire : 30 sous par mois devaient permettre de nourrir ses chats «de pain, de bouillon et de potage à la chair». Une gravure de Coypel rappelle ce testament qui fit grand bruit et fut du reste attaqué par les héritiers de la défunte.

La passion des chats : un goût «bourgeois» qui suscite des réactions violentes

Selon Nicolas Contat, un ouvrier qui a laissé de passionnantes *Annales,* un maître imprimeur aurait eu vingt-cinq chats, dont il faisait faire le portrait et qu'il nourrissait de volailles rôties. Ces fantaisies de «bourgeois» sont mal vues du petit peuple comme en témoigne une autre anecdote rapportée par le même Contat. Deux apprentis d'une imprimerie de la rue Saint-Séverin, réveillés chaque nuit par les aubades de matous et n'ayant pour tout repas que les déchets dont les chats ne voulaient pas, résolurent de venger cette injustice. Restait une difficulté : la femme du maître raffolait des chats, notamment d'une chatte nommée «La Grise». Pour rendre les chats insupportables, Léveillé, un des deux apprentis, grimpa sur le toit et poussa plusieurs nuits durant des miaulements tels que le bourgeois et sa femme se

Louis XV adorait un bel angora blanc. Le chat s'introduisit aussi dans l'intimité des tsars (ci-dessus : *Le Jeu des échecs).*

Concert de chats, *d'après Brueghel. Katzenmusik* signifie en flamand «charivari», d'où le succès de ce thème.

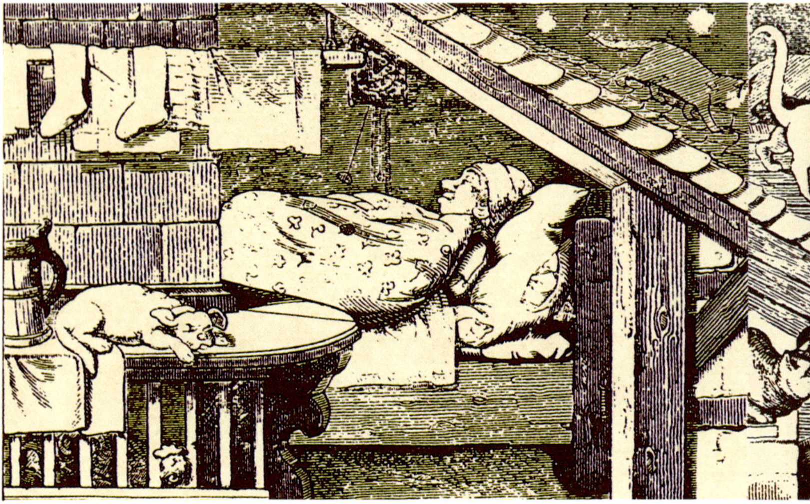

crurent ensorcelés et demandèrent aux ouvriers de les débarrasser de ces chats, à l'exception de «La Grise»; ce fut le signal d'un véritable massacre, dont la chatte fut la première victime. Les bêtes capturées, déjà à demi mortes, furent jugées et pendues dans la cour de l'atelier, dans une atmosphère de liesse et de fronde.

Des chats saltimbanques offraient aussi au peuple des divertissements plus pacifiques : le naturaliste Valmont de Bomare signale qu'eut lieu à la foire de Saint-Germain un «concert miaulique» donné par des chats, dressés à miauler sous la direction d'un singe.

Georges Louis Leclerc, comte de Buffon (1707-1788), surintendant du jardin du Roi en 1739, s'est aussi intéressé aux mathématiques et à la physique. Malgré son succès, son *Histoire naturelle* s'effaça assez vite devant l'œuvre de Linné, plus systématique.

Du côté des «scientifiques», Buffon entame la guerre des chiens contre les chats

Le passage consacré aux chats dans l'*Histoire naturelle* est célèbre pour sa partialité et par son ouverture polémique : «Le chat est un domestique infidèle que l'on ne garde que par nécessité pour l'opposer à un autre ennemi domestique encore plus incommode.» A vrai dire, Buffon, qui donne sa description du chat juste après celle du chien, ne semble voir dans le premier que le repoussoir des

Cette gravure extraite du *Münchener Bilderbogen*, journal illustré allemand du XIXᵉ siècle, évoque irrésistiblement les aventures du chat Murr et sa réception dans la société des chats : «Enfin, comme j'avais attendu jusqu'à minuit, l'ami Muzius parut et me conduisit de toit en toit. Nous fûmes reçus à grands cris d'allégresse sur un toit plat à l'italienne, par dix jeunes matous de belle taille, mais vêtus avec autant de négligence et d'originalité que Muzius. Celui-ci me présenta à ses amis, vanta mes qualités. [...] Il conclut en disant que j'avais le désir d'être admis au nombre des valeureux étudiants.»

qualités du second. Une «malice innée, un caractère faux, un naturel pervers» sont l'apanage du chat dont le succès même semble irriter le naturaliste : les chats «bien élevés» sont souples et flatteurs. Il y a donc entre le chat fourbe et le chien, tout sincère, une incompatibilité naturelle et partant irréductible.

A l'orée du XIXᵉ siècle et de l'essor des sciences naturelles, Buffon, homme de lettres tout autant qu'homme de sciences, montre que le chat n'avait pas alors que des amis. On peut même se demander si la violence nettement subjective de ses attaques ne témoigne pas elle aussi d'un changement d'attitude à l'égard du chat : après avoir côtoyé l'homme pendant des siècles presque sans faire parler de lui, objet d'un mépris diffus et parfois d'une crainte superstitieuse, le chat trouve d'un seul coup des défenseurs ardents mais aussi des détracteurs passionnés.

Le clan des hommes à chat se dresse désormais contre celui des hommes à chien...

Buffon, aidé par Daubenton, travailla cinquante ans à son *Histoire naturelle*. Parue de 1749 à 1804 en quarante-quatre volumes, elle fut rééditée maintes fois avec des additions dues à Sonnini, Cuvier...

EXPOSITIONS
PARTICULIÈRE
LE DIMANCHE 15 MAI
PUBLIQUE
les 16, 17, 18 et
20 Mai 1898
AVANT LA VENTE
de 1H. 1/2 à 2H. 1/2
VENTE
HÔTEL
DROUOT
Salle No 1
LES LUNDI 16, MARDI 17
MERCREDI 18 & VENDREDI 20 MAI 1898
à 2 Heures 1/2
COLLECTION
DU
CHAT NOIR
"Rodolphe SALIS"
DESSINS ORIGINAUX
· Aquarelles · TABLEAUX
Importante Composition
"PARCE DOMINE"
Par A. WILLETTE
Par le Ministère de
Me J. GUILLET Commissaire-Priseur
34, RUE BAUDIN
Assisté de
Mr F. CUÉREL Peintre Expert
10, RUE EUGÈNE-SUE
chez lesquels on distribue le Catalogue
Steinlen

Animal du pauvre au Moyen Age, introduit chez les élites à l'époque moderne, le chat conquiert un nouveau public aux XIXe et XXe siècles : les poètes et les intellectuels. S'il est désormais sur un pied d'égalité avec le chien, ce vieux compagnon de route de l'homme, c'est d'abord à sa légende noire qu'il semble le devoir : nouvel avatar d'une histoire qui n'est pas à un paradoxe près...

CHAPITRE VI

DU CHAT ROMANTIQUE AU CHAT MODERNE

Tandis que naît véritablement la «publicité», l'affiche est élevée au rang des beaux-arts par Toulouse-Lautrec, Mucha, Willette, Steinlen...

Le Chat Murr d'Hoffmann, roman inachevé rédigé vers 1820, présente les aventures d'un matou savant et déluré, encore proche de l'esprit du XVIIIe siècle et de l'idéal du chat de Paradis de Moncrif. Mais au chat exalté pour son association librement consentie avec l'homme, signe d'un haut degré d'«éducation» et de civilité, le romantisme préfère un chat plus ambigu, individualiste et mystérieux, qui garde encore trace de sa sauvagerie originelle. Chateaubriand pouvait écrire ainsi au comte de Marcellus : «J'aime dans le chat ce caractère indépendant et presque ingrat qui le fait ne s'attacher à personne. [...] Le chat vit seul, il n'a nul besoin de société, il n'obéit que quand il veut, fait l'endormi pour mieux voir et griffe tout ce qu'il peut griffer. Buffon a maltraité le chat : je travaille à sa réhabilitation et j'espère en faire un animal honnête, à la mode du temps.» Ce que Buffon considérait comme les vices du chat, ces défauts dont Moncrif niait la réalité, le met désormais à l'honneur.

«Minime était si musicienne que nous pûmes nous livrer ensemble à de ravissantes improvisations. Elle finit par chanter à merveille des mélodies de mon cru, ce qui faillit me faire perdre complètement la raison et m'infligea de si cruels tourments amoureux que je devins tout pâle, maigre et misérable.» Ici cependant, la belle chante avec d'autres et Murr découvre, stupéfait, l'horrible vérité...

En 1869 paraît l'histoire consacrée aux chats par Jules Husson, dit Champfleury

Le livre de Champfleury – chef de file de l'école réaliste, lié à Baudelaire, Courbet et Nadar – est celui d'un amateur passionné qui recueille quantité d'anecdotes historiques de tous les temps et de tous les pays. Mais il permet aussi d'appréhender la place accordée aux chats à son époque. Il est le premier à noter que «de l'atelier de l'alchimiste, le chat a passé chez l'écrivain». Ses liens avec des hommes célèbres rendent son

Caricature de Théophile Gautier et ses chats : Félix Tournachon, plus connu sous le pseudonyme de Nadar, fréquenta la bohème littéraire des années 1840. Bien avant de devenir un photographe renommé, il fut un caricaturiste de talent et collabora à des journaux comme *La Revue comique* et *Le Journal pour rire.* Très lié à Banville et à Baudelaire, il connut également Nerval, Balzac, Gautier, Vigny, mais aussi fort bien Champfleury qui livre un précieux témoignage sur cette époque dans *Souvenirs des funambules* et *Souvenirs et portraits de jeunesse.* Ci-dessus : illustration de Manet pour *Les Chats.*

témoignage fort précieux. Il connut notamment le chat de Victor Hugo, qui trônait place Royale, sous un dais rouge, et évoque ceux de Théophile Gautier – qui, parallèlement, vouait une passion aux rats blancs –, de Prosper Mérimée, de Sainte-Beuve et de Viollet le Duc. Toussenel, auteur de *L'Esprit des bêtes,* note lui aussi la passion des gens d'esprit pour les chats, mais la considère comme un vice : vice excusable, reconnaît-il, puisqu'il a atteint Fourier lui-même, son maître vénéré, qui aimait les chats jusqu'à détester les chiens. Le chat est désormais l'animal totem de l'artiste, contre le chien, relégué du côté de la soumission à la norme.

Le chat noir : un mythe romantique?

Dans le château de Combourg où naquit Chateaubriand, on croyait que la jambe de bois d'un défunt comte se promenait seule la nuit, accompagnée d'un chat noir. Le romantisme, qui marque d'une certaine manière un retour à la

Illustration d'Auguste Leroux pour *Le Chat noir* d'Edgar Poe : «Le corps déjà grandement délabré et souillé de sang se tenait droit devant les yeux des spectateurs. Sur sa tête avec la gueule rouge dilatée et l'œil unique flamboyant, était perchée la hideuse bête dont l'astuce m'avait induit à l'assassinat, et dont la voix révélatrice m'avait livré au bourreau. J'avais muré le monstre dans la tombe!» On ne sait d'où Poe tira l'argument de ce récit extrait des *Nouvelles Histoires extraordinaires;* il a pu durablement impressionner Baudelaire et orienter de façon décisive sa passion maniaque pour les chats.

tradition avec son goût pour les ruines et le Moyen Age, cristallise des superstitions populaires, jusque-là diffuses et dispersées, et se plaît à voir dans le chat l'animal par excellence du sorcier et de l'alchimiste. Cette image romantique du chat sorcier est sans doute la clé de son association intime avec l'écrivain ou l'artiste maudit. Le plus fameux représentant de ce mythe est le chat d'Edgar Poe, à la fois victime et cause de la folie de son maître, inexorablement poussé vers le mal. Image du destin, il est aussi l'instrument de la justice qui fait découvrir un crime caché. L'utilisation satirique du chat noir témoigne également du succès du thème : nombre de boutiques l'adoptèrent comme enseigne. Au premier rang, le célèbre cabaret de Rodolphe Salis qui fonda également un journal humoristique appelé *Le Chat noir.* Alphonse Allais et le dessinateur Steinlen y firent leurs débuts...

L'affiche célèbre qui vantait le cabaret Le Chat noir est emblématique de la place du chat dans l'imaginaire de la deuxième moitié du XIXe siècle : on adore dans le chat ce qu'on y a brûlé. L'animal peint par Steinlen (ci-dessus) dans sa pose hiératique semble désormais revendiquer son diabolisme.

De la passion à la manie

Le chat de Chateaubriand jouissait d'une considération particulière : Miceto avait, en effet, appartenu au pape Léon XII et était né dans la loge de Raphaël. Plus maladif fut l'amour de Baudelaire pour les chats. Champfleury rapporte qu'au cours de ses promenades il tombait en arrêt sitôt qu'il voyait un chat; il arrivait que de jolies repasseuses prennent pour elles l'attention manifestée par le poète à leur compagnon. «Sectateur de la race féline» plus que simple ami des chats, il avait pour eux un amour si excessif et inquiétant qu'on l'accusa d'avoir commis des cruautés, sans qu'on n'ait pu en avoir de preuves. Dans le cercle qui entourait Baudelaire, rapporte encore Champfleury, il était à la mode d'afficher une passion pour les chats. Afin de passer pour un original et un homme de lettres, il fallait, en entrant pour la première fois dans une maison, se montrer mal à l'aise et inquiet jusqu'à ce qu'on ait aperçu le chat du logis et qu'on lui ait rendu les honneurs...

Sérénades : l'anglaise Beauty et la française Minette

La Vie privée et publique des animaux fut publiée sous la monarchie de Juillet par l'éditeur Hetzel; il assura lui-même, sous le pseudonyme de Stahl, la direction de cet ouvrage collectif auquel contribuèrent des auteurs aussi célèbres que Nodier, Musset, George Sand et Balzac. L'illustration avait dans ce projet une place centrale : on la doit à Grandville, le «La Fontaine des dessinateurs». Les *Peines de cœur d'une chatte anglaise,* de Balzac, retracent les aventures de Beauty, une chatte bien élevée qui préfère un matou français déluré, Brisquet, à l'angora d'un lord anglais, Puff. Stahl donnera une suite à ce récit en écrivant *Les Peines de cœur d'une chatte française,* où une chatte de milieu modeste, Minette, quitte sa famille pour suivre Brisquet qui l'abandonnera peu après pour une chatte chinoise.

BREVIERE

«Féminité» et sensualité du chat : un thème toujours à l'honneur

La femme du célèbre historien Jules Michelet aimait passionnément les chats. En 1868, malgré la concurrence de Champfleury, elle entreprend de leur consacrer un livre qui sera publié, inachevé, en 1907, après sa mort. Sociologue avant la lettre, elle affirme que la passion des chats, qui passe pour une manie de vieille fille, touche les êtres solitaires, en mal d'amour, dédaignés et déclassés, les femmes isolées mais aussi les hommes sédentaires et les écrivains.

Un ennemi des chats comme Toussenel souligne d'un point de vue misogyne cette association : les courtisanes, les Cléopâtre ou les Manon Lescaut, sont en effet pour lui de la race des chattes, race où la femelle tient toute la place.

Femmes présentées comme esclaves à Octave : la redécouverte de l'Antiquité par les peintres romantiques donna lieu à des compositions empreintes d'un orientalisme désuet. Les esclaves égyptiennes sont tout naturellement accompagnées d'un chat.

A quoi attribuer le succès de la Mère Michel ? Sans doute à la multiplicité des interprétations qu'elle supporte. Si l'anecdote racontée peut avoir un fond de réalité – la mère Michel n'est-elle pas le type de ces femmes seules qui vivent pour leur chat ? –, la chanson peut avoir aussi une signification grivoise.

Le chat exposé

En 1871, Harrison Weir, artiste et amateur de chats, organisa au Cristal Palace, à Londres, la première exposition féline; son succès fut tel que la manifestation devint annuelle. D'autres eurent bientôt lieu dans diverses villes anglaises et des clubs félins furent créés.

En France, une exposition eut lieu dès 1896 à Paris, à l'instigation de Fernand Xau et avec la collaboration du directeur du Jardin d'acclimatation. En 1913, le Cat Club de France et de Belgique vit le jour. La mise en place de ces différentes institutions permit d'élaborer des standards, définissant pour chaque race des caractéristiques précises : seize races étaient recensées à la fin du XIXe siècle contre une quarantaine à présent. C'est peu si l'on songe que sont reconnues presque deux cents races de chiens ! La fixation des standards a eu pour corollaire la naissance de la félinotechnie, science dont l'objet est la reproduction de chats domestiques de race.

Cimetières, cliniques vétérinaires, accessoires pour chiens et chats : tout cela est le résultat d'une mutation sans précédent de l'attitude humaine envers l'animal de compagnie, qui n'a d'autre utilité que d'être précisément inutile. Plus exactement, sa fonction est centrée sur les rapports privilégiés et exclusifs qu'il entretient avec l'homme. C'est dans le cadre de cette mutation que naît en 1845 la Société protectrice des animaux, expression de la volonté de donner un cadre juridique au rapport homme-animal. Ci-dessus : Harrison Weir, en compagnie de la chatte lauréate de la première exposition féline.

XXe siècle : le chat, signe de ralliement social

Colette, Cocteau, Paul Léautaud, Marcel Jouhandeau, Maurice Genevoix... ont été des «ailourophiles» convaincus. Mais intellectuels et personnalités littéraires n'ont plus besoin désormais de faire l'éloge de leur chat pour être réputés adeptes de la race féline : appartenir au monde de la culture suppose, en effet, qu'on chérisse les chats. C'est ainsi qu'on a pu avoir l'idée d'interroger des auteurs, des journalistes et des artistes sur leur «intimité féline» pour rassembler ces confessions sous forme d'ouvrages collectifs. Plus généralement, les possesseurs de chiens ou de chats n'appartiennent pas aux mêmes classes sociales. L'amateur de chat «type» est diplômé, travaille dans la fonction publique plus qu'en entreprise; c'est un artiste, un professeur ou un travailleur social. En revanche, les partisans du chien se recrutent surtout dans les professions liées à la sphère économique ou à la défense de l'ordre : commerçants, policiers, militaires, contremaîtres. Le chat, sorte d'«objecteur de conscience» dans le foyer où il obtient sa subsistance sans devoir rien en retour, symboliserait ainsi l'attitude indépendante que son maître souhaite adopter à l'égard de toutes les formes de pouvoir. Le chien, au contraire, reste souvent lié dans l'imaginaire aux rapports hiérarchiques et à la sécurité des personnes et des biens.

Gustav Klimt (1862-1918) cofonda la Sécession de Vienne, qui prolonge en Autriche l'Art nouveau, mouvement de rénovation des arts décoratifs à la fin du XIXe siècle. La figure de la femme, exaltée dans des compositions d'un érotisme somptueux, est omniprésente dans son œuvre.

Jean Cocteau (1889-1963), qui fut un des proches de Colette dans l'immédiat après-guerre, partageait son goût des chats, s'il ne les illustra pas avec autant d'éclat. Les œuvres de cette dernière, *Sept dialogues de bêtes, La Chatte* – dont l'héroïne est Saha, sa compagne de treize années –, sont les éloges les plus vibrants qu'on ait pu faire à des animaux de compagnie. Pour *La Chatte amoureuse,* pantomime intercalée dans les tableaux d'une revue de Ba-Ta-Clan, en 1912, Colette monta elle-même sur les planches pour jouer le rôle de la chatte.

Les chats errants

A côté des millions de chats qui sont attachés à des foyers (7,25 millions en France!), les chats harets peuplent les terrains vagues, les jardins et les cimetières de toutes les villes de la planète. S'ils y mènent une existence bien différente de celle de leurs congénères domestiques, ils vivent néanmoins en symbiose étroite avec l'homme. Autour d'eux gravitent en effet des hommes et surtout des femmes, les «mères à chats» qui forment un monde curieux et sont attachées aux chats comme à une entité collective. Des ethnozoologues se sont intéressés à certaines de ces colonies et à ceux qui les nourrissent. Les études menées au cimetière du Père-Lachaise à Paris, dans le centre historique de Rome et sur les chantiers navals de Portsmouth ont montré que le comportement social de ces chats sans maître était paradoxalement déterminé par l'action humaine. En milieu

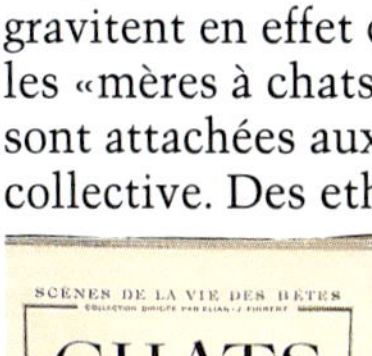

urbain, en effet, la densité des chats est très élevée et leur territoire de petite taille, alors qu'il peut atteindre une trentaine de kilomètres pour un chat vivant à la campagne ! Les trois cents chats du Père-Lachaise sont ainsi essentiellement confinés dans la partie ancienne du cimetière.

Madame Paul vit avec ses chats dans un des plus vieux quartiers de Marseille, le Panier. Les « mères à chats », ainsi qu'on les appelle, se rencontrent essentiellement dans les grandes villes. Outre les chats qu'elles logent, elles nourrissent aussi souvent des colonies félines habitant les jardins, cimetières, terrains vagues ou locaux désaffectés.

Le chat du XXIe siècle

Le chat en est encore à une étape récente de sa domestication. Le plus nonchalant des matous de salon n'est-il pas encore parfaitement capable, comme les chats du Père-Lachaise, de redevenir sauvage en milieu urbain, comme en milieu rural ?

Cependant, après des siècles de non-intervention humaine, le chat rejoint de plus en plus les autres animaux domestiques : son territoire est restreint, surtout dans les villes, sa nourriture artificielle, sa reproduction contrôlée ; des races susceptibles de plaire à un public de connaisseurs sont soigneusement sélectionnées grâce aux progrès de la génétique. Biscuits, lait, pâtées à base de viande, de poisson ou de céréales – pour lesquels sont utilisés les résultats de la recherche fondamentale sur la

Si la publicité, le cinéma, la littérature fantastique ou la bande dessinée ont accordé une telle attention au chat, c'est qu'il occupe désormais une place importante dans la société contemporaine. Les incidences économiques sont patentes : la consommation de viande des chiens et des chats français avoisinerait selon certaines études celle du peuple espagnol! Le budget consacré en France aux animaux de compagnie (22,5 milliards de francs par an) représente 1 % du budget moyen d'un ménage. L'ampleur du phénomène a suscité de nombreuses tentatives d'explication : les *pets* seraient des substituts d'enfants sur lesquels l'homme teste ses qualités de pédagogue.

nutrition et le comportement animal – ont d'ores et déjà remplacé les oiseaux et les rongeurs vivants dans le menu quotidien de bien des chats présentés par la publicité comme des «goûteurs professionnels».

On sait ce que des dizaines de millions d'années de dépendance à l'égard de l'homme ont fait du chien, dont l'éventail des races est incomparablement supérieur en nombre à celui du chat et répond à tous les goûts. La société moderne, aux moyens d'intervention démultipliés, ne prépare-t-elle pas pour le chat, à moyen terme, des mutations morphologiques et comportementales sans précédent?

DEMANDEZ
LE CHAT
SAVON EXTRA
le meilleur et le plus économique
des Savons de Ménage
IMP. MARSEILLAISE
MARSEILLE

TÉMOIGNAGES ET DOCUMENTS

Législation féline

Du pays de Galles à l'Espagne médiévale, des textes juridiques se répondent qui visent à protéger les chats contre le vol ou le meurtre : indice indiscutable du rôle essentiel de ce chasseur domestique dans une société où la défense des greniers à blé contre les rongeurs est une nécessité vitale.

Codes gallois et fueros espagnols

La valeur d'un chaton depuis la nuit où il est né jusqu'au moment où il ouvre les yeux est d'un penny légal.

De ce moment jusqu'à ce qu'il puisse tuer des souris de 2 pence légaux.

Sa valeur à partir du moment où il tue des souris est de 4 pence légaux; et ainsi vaudra-t-il toujours.

Le devoir d'un chat est d'avoir bonne ouïe, de tuer les souris, de posséder des griffes entières, d'élever et de ne pas dévorer ses chatons; s'il est déficient en l'un de ces devoirs, le tiers de sa valeur devra être restitué à celui qui l'a acquis.

Code vénédotien

La valeur d'un chat qui est tué ou volé : sa tête doit être placée vers le bas sur un sol propre et plan, avec la queue élevée vers le haut; il doit rester ainsi suspendu pendant qu'on verse du blé sur lui : telle est sa valeur. Si on ne peut avoir du blé, sa valeur est d'une brebis laitière avec son agneau et sa laine s'il s'agit d'un chat qui garde les greniers royaux.

La valeur d'un chat ordinaire est de 4 pence légaux.

Quiconque vend une chatte doit répondre pour elle qu'elle n'ira pas miauler à chaque lune et qu'elle ne dévorera pas ses chatons, qu'elle aura oreilles, yeux, dents et griffes et qu'elle sera bonne chasseuse de souris.

Code dimétien

Quiconque tue un chat qui garde les greniers royaux ou le vole : le chat doit être placé la tête en bas et la queue en haut, le sol ayant été balayé; on doit verser du blé sur lui jusqu'à ce que le haut de sa queue ne soit plus visible : telle est sa valeur.

Un autre chat vaut 4 pence légaux.

Un chat doit avoir des oreilles, des

yeux et des dents parfaites, une queue et des griffes parfaites et un pelage exempt de marques de feu; il doit bien tuer les souris, ne pas dévorer ses chatons et ne pas aller miauler à chaque lune.

Code gwentien

Quiconque tuera le chat d'autrui paiera 12 deniers, s'il y a des témoins du méfait.

Fueros de Cuenca (entre 1189 et 1211)
Chapitre 34, titre 9 : Du chat

Quand quelqu'un trouve le voleur avec le chat qu'il a volé il doit planter un bâton au milieu d'une aire de 60 pieds; à ce bâton il doit attacher le chat au moyen d'une corde d'une paume seulement; sur ce chat le voleur doit verser autant de grain moulu au moulin qu'il en faut pour recouvrir le chat. Cela fait le voleur sera libre. [...] Et si d'aventure le voleur est si pauvre qu'il ne puisse s'acquitter ainsi, il doit être livré à la cour du lieu; cette cour doit le faire courir nu, avec le chat attaché à son cou par devant; et ils doivent être frappés avec des cordes de manière à ce que voleur et chat soient frappés également et autant de fois l'un que l'autre.

Fueros d'Aragon (vers 1247)

Vox in rama

Cette bulle, promulguée en 1233 par le pape Grégoire IX, fait pour la première fois du chat un animal explicitement diabolique.

Voici ce qu'on rapporte des débuts de cette peste. Quand le novice est reçu dans cette secte et entre pour la première fois dans l'école des damnés, il voit apparaître une sorte de grenouille que certains appellent «crapaud». Certains baisent cette bête au derrière, d'autres sur la bouche, qui reçoivent dans leur bouche sa langue et sa salive. [...] Enfin un homme d'une étonnante pâleur, aux yeux très noirs, faible et maigre au point de ne sembler avoir que la peau sur les os, se présente au novice. Le novice l'embrasse et sent alors un froid de glace; après ce baiser le souvenir de la foi catholique s'efface totalement de son cœur. Tous s'attablent alors à un banquet puis se lèvent, une fois le banquet fini : c'est alors que, le long d'une certaine statue qu'on trouve habituellement dans les écoles de cette secte, descend à reculons un chat noir, de la taille d'un chien ordinaire, la queue redressée en arrière; le novice d'abord, le maître ensuite, puis chaque assistant dans un ordre déterminé – du moins ceux qui sont dignes et parfaits –, le baisent au derrière; ceux qui sont imparfaits et se jugent indignes reçoivent la paix du maître. Alors chacun à sa place, après avoir dit des incantations, incline sa tête vers le chat : «Epargne-nous» dit le maître; son voisin répond : «Qui nous a ordonné cela?»; un troisième dit «Le Grand Maître» et le quatrième «Nous devons obéir». On éteint ensuite les chandelles et on se livre à une honteuse luxure, sans distinguer les étrangers des parents. [...] Après ce crime indicible, les chandelles rallumées [...] un homme s'avance depuis un angle obscur, étincelant et plus lumineux que le soleil à partir des reins, mais au bas du corps velu comme un chat; son éclat illumine toute la salle. Le maître prend alors une pièce de l'habillement du novice et la donne à l'homme étincelant en disant : «Maître, je te donne ceci.» L'homme lui répond : «Je remets à ta garde ce que tu viens de me donner» et, sur ces mots, aussitôt s'évanouit.

Lettre du pape Grégoire IX
à l'archevêque de Mayence, à l'évêque
d'Hildesheim et à Conrad de Marbourg

Petit florilège du chat

Si Paradis de Moncrif se plaignait du peu d'importance accordé au chat par les belles-lettres, la littérature des XIXe et XXe siècles a plus que réparé cette injustice. De Balzac à Colette, de Lewis Carroll à Lovecraft, tous – ou presque – lui ont fait une grande ou une petite place. En poésie, dans la nouvelle ou le roman, le chat est désormais de la fête.

L'éducation de Beauty

Très anglophobe, Balzac fustige à travers les «Peines du cœur d'une chatte anglaise» les rigueurs et l'hypocrisie du puritanisme britannique.

Je suis née chez un ministre du Catshire, auprès de la petite ville de Miaulbury. La fécondité de ma mère condamnait presque tous ses enfants à un sort cruel, car vous savez qu'on ne sait pas encore à quelle cause attribuer l'intempérance de maternité chez les Chattes anglaises, qui menacent de peupler le monde entier. Les Chats et les Chattes attribuent, chacun de leur côté, ce résultat à leur amabilité et à leurs propres vertus. Mais quelques observateurs impertinents disent que les Chats et les Chattes sont soumis en Angleterre à des convenances si parfaitement ennuyeuses, qu'ils ne trouvent les moyens de se distraire que dans ces petites occupations de famille. D'autres prétendent qu'il y a là de grandes questions d'industrie et de politique, à cause de la domination anglaise dans les Indes; mais ces questions sont peu décentes sous mes pattes et je les laisse à l'*Edinburgh-Review.* Je fus exceptée de la noyade constitutionnelle à cause de l'entière blancheur de ma robe. Aussi me nomma-t-on Beauty. Hélas! la pauvreté du ministre, qui avait une femme et onze filles, ne lui permettait pas de me garder. Une vieille fille remarqua chez moi une sorte d'affection pour la Bible du ministre; je m'y posais toujours, non par religion, mais je ne voyais pas d'autre place propre dans le ménage. Elle crut peut-être que j'appartiendrais à la secte des Animaux sacrés qui a déjà fourni l'ânesse de Balaam, et me prit avec elle. Je n'avais alors que deux mois. Cette vieille fille, qui donnait des soirées auxquelles elle invitait par des billets qui promettaient *thé* et *Bible,* essaya de me communiquer la fatale science des filles d'Eve; elle y réussit par une méthode protestante qui consiste à vous faire de si longs raisonnements sur la dignité personnelle et sur les obligations de l'extérieur, que, pour ne pas les entendre, on subirait le martyre.

Un matin, moi, pauvre petite fille de la nature, attirée par de la crème contenue dans un bol, sur lequel un *muffing* était posé en travers, je donnai un coup de patte au *muffing,* je lapai la crème; puis, dans la joie, et peut-être aussi par un effet de la faiblesse de mes jeunes organes, je me livrai, sur le tapis ciré, au plus impérieux besoin qu'éprouvent les jeunes Chattes. En apercevant la preuve de ce qu'elle nomma *mon intempérance* et mon défaut d'éducation, elle me saisit et me fouetta vigoureusement avec des verges de bouleau, en protestant qu'elle ferait de moi une lady ou qu'elle m'abandonnerait.

– Voilà qui est gentil! disait-elle. Apprenez, miss Beauty, que les Chattes anglaises enveloppent dans le plus profond mystère les choses naturelles qui peuvent porter atteinte au respect anglais, et bannissent tout ce qui est *improper,* en appliquant à la créature, comme vous l'avez entendu dire au révérend docteur Simpson, les lois faites par Dieu pour la création. Avez-vous jamais vu la Terre se comporter indécemment? N'appartenez-vous pas d'ailleurs à la secte des *saints* (prononcez *sentz),* qui marchent très-lentement le dimanche pour faire bien sentir qu'ils se promènent? Apprenez à souffrir mille morts plutôt que de révéler vos désirs : c'est en ceci que consiste la vertu des *saints.* Le plus beau privilège des Chattes est de se sauver avec la grâce qui vous caractérise, et d'aller, on ne sait où, faire leurs petites toilettes. Vous ne vous montrerez ainsi aux regards que dans votre beauté. Trompé par les apparences, tout le monde vous prendra pour un ange. Désormais, quand pareille envie vous saisira, regardez la croisée, ayez l'air de vouloir vous promener, et vous irez dans un taillis ou sur une gouttière. Si l'eau, ma fille, est la gloire de l'Angleterre, c'est précisément parce que l'Angleterre sait s'en servir, au lieu de la laisser tomber, comme une sotte, ainsi que font les Français, qui n'auront jamais de marine à cause de leur indifférence pour l'eau.

Je trouvai, dans mon simple bon sens de Chatte, qu'il y avait beaucoup d'hypocrisie dans cette doctrine; mais j'étais si jeune!

– Et quand je serai dans la gouttière? pensai-je en regardant la vieille fille.

– Une fois seule, et bien sûre de n'être vue de personne, eh bien! Beauty, tu pourras sacrifier les convenances, avec d'autant plus de charme que tu te seras plus retenue en public. En ceci éclate la perfection de la morale anglaise qui s'occupe exclusivement des apparences, ce monde n'étant, hélas! qu'apparence et déception.

J'avoue que tout mon bon sens d'animal se révoltait contre ces déguisements; mais, à force d'être fouettée, je finis par comprendre que la propreté extérieure devait être toute la vertu d'une Chatte anglaise. Dès ce moment, je m'habituai à cacher sous des lits les friandises que j'aimais. Jamais personne ne me vit ni mangeant, ni buvant, ni faisant ma toilette. Je fus regardée comme la perle des Chattes.

Honoré de Balzac,
Peines de cœur d'une chatte anglaise

Cruauté enfantine

Afin de les rendre plus sensibles, on leur donna un chat noir qu'ils devaient soigner, et on leur comptait deux ou trois sols pour qu'ils fissent l'aumône. Ils trouvèrent la prétention injuste, cet argent leur appartenait.

Se confondant à un désir des pédagogues, ils appelaient Bouvard «mon oncle» et Pécuchet «bon ami»; mais ils les tutoyaient, et la moitié des leçons ordinairement se passait en disputes.

Victorine abusait de Marcel, montait sur son dos, le tirait par les cheveux; pour se moquer de son bec-de-lièvre, parlait du nez comme lui; et le pauvre homme n'osait se plaindre, tant il aimait la petite fille. Un soir, sa voix rauque s'éleva extraordinairement. Bouvard et Pécuchet descendirent dans la cuisine. Les deux élèves observaient la cheminée, et Marcel, joignant les mains, s'écriait :
– Retirez-le! c'est trop! c'est trop!

Le couvercle de la marmite sauta comme un obus éclate. Une masse grisâtre bondit jusqu'au plafond, puis tourna sur elle-même frénétiquement en poussant d'abominables cris.

On reconnut le chat, tout efflanqué, sans poil, la queue pareille à un cordon; des yeux énormes lui sortaient de la tête; ils étaient couleur de lait, comme vidés, et pourtant regardaient.

La bête hideuse hurlait toujours, se jeta dans l'âtre, disparut, puis retomba au milieu des cendres, inerte.

C'était Victor qui avait commis cette atrocité, et les deux bonshommes se reculèrent, pâles de stupéfaction et d'horreur. Aux reproches qu'on lui adressa, il répondit comme le garde champêtre pour son fils et comme le fermier pour son cheval : – Eh bien! puisqu'il est à moi; sans gêne, naïvement, dans la placidité d'un instinct assouvi.

L'eau bouillante de la marmite était répandue par terre; des casseroles, les pincettes, et des flambeaux jonchaient les dalles.

Marcel fut quelque temps à nettoyer la cuisine, et ses maîtres et lui enterrèrent le pauvre chat dans le jardin, sous la pagode.

Gustave Flaubert,
Bouvard et Pécuchet

«Les Chats»

Baudelaire a consacré trois poèmes aux chats. Mystérieux, séraphiques et étranges, ils ont fait vibrer au plus profond un poète tenu sous le charme sensuel de leur voix, de leur regard et de leur grâce élastique.

Les amoureux fervents et les savants austères
Aiment également, dans leur mûre saison,
Les chats puissants et doux, orgueil de la maison,
Qui comme eux sont frileux et comme eux sédentaires

Amis de la science et de la volupté
Ils cherchent le silence et l'horreur des ténèbres;
L'Erèbe les eût pris pour ses coursiers funèbres,
S'ils pouvaient au servage incliner leur fierté.

Ils prennent en songeant les nobles attitudes
Des grands sphinx allongés au fond des solitudes,
Qui semblent s'endormir dans un rêve sans fin;

Leurs reins féconds sont pleins d'étincelles magiques,
Et des parcelles d'or, ainsi qu'un sable fin,
Etoilent vaguement leurs prunelles mystiques.

Charles Baudelaire,
Les Fleurs du mal

Haine des souris envers les chats

Le 4 juillet 1862, Charles Dodgson – le futur Lewis Carroll – raconta à la petite Alice Liddell les aventures d'«Alice sous terre», première version d'«Alice au pays des merveilles», qui fut publié en 1865.

«Pourrait-il être de quelque utilité, maintenant, se demanda Alice, de parler à cette souris? Le lapin est quelque chose de tout à fait à part, sans nul doute, et moi-même j'étais à part avant de descendre ici, mais il n'y a pas de raison pour que la souris ne soit pas capable de parler. Je pense que je pourrais aussi bien essayer de la faire parler.»

Aussi commença-t-elle : «Oh Souris, connais-tu le moyen de sortir de cette mare? J'en ai assez de nager en cette onde, oh Souris!» La souris la regarda d'un air quelque peu interrogatif et lui sembla cligner l'un de ses petits yeux, mais elle ne répondit rien.

«Peut-être ne comprend-elle pas l'anglais, pensa Alice; c'est sans doute une souris française, venue ici avec Guillaume le Conquérant!» (Car, malgré tout son savoir historique, Alice n'avait pas une idée très claire de la chronologie des événements.) Elle reprit donc : «Où est ma chatte?» C'était la première phrase de son manuel de français. La souris bondit soudain hors de l'eau, et il sembla que tout son corps frissonnait d'épouvante : «Oh, je te demande pardon! s'écria aussitôt Alice, craignant d'avoir froissé la pauvre bête, j'oubliais que tu n'aimes pas les chats!»

«Que je n'aime pas les chats! s'exclama, d'une voix aiguë et vibrante, la souris. Et vous, les aimeriez-vous, les chats, si vous étiez à ma place?»

«Peut-être bien que non, répondit Alice, conciliante; ne va pas te fâcher pour cela. Pourtant, je voudrais bien pouvoir te montrer notre chatte Dinah; je crois que tu te mettrais à raffoler des chats si seulement tu la voyais une fois. Elle est si pacifique, poursuivit à mi-voix, tout en nageant paresseusement dans la mare, Alice; elle ronronne si gentiment au coin du feu, tandis qu'elle se lèche les pattes et se lave la figure; et c'est si doux de la dorloter, et puis elle est sans rivale pour ce qui est d'attraper les souris… oh! je te demande pardon», s'écria derechef la pauvre Alice, car, cette fois-ci, la souris avait le poil tout hérissé, et la petite fille était sûre de l'avoir vraiment offensée : «t'ai-je offensée?»

«Offensée, vraiment! s'écria la souris, qui semblait positivement tremblante de rage; dans notre famille, on a de tout temps *exécré* les chats! Ce sont des êtres vils, répugnants, vulgaires! Ne me parlez plus jamais des chats!»

«Plus jamais!» promit Alice, qui avait hâte de changer de sujet de conversation. «Aimes-tu… aimes-tu… les chiens?» La souris ne répondit pas et Alice poursuivit avec chaleur : «Il y a, près de chez nous, un petit chien que j'aimerais pouvoir te montrer, tant il est charmant! Un petit fox-terrier à l'œil vif, vois-tu, avec, oh! de si longs poils bouclés! Il rapporte tous les objets qu'on lui jette, il fait le beau pour demander son déjeuner et il exécute tant et tant de tours que je ne puis me rappeler la moitié d'entre eux. Il appartient à un fermier, et le fermier dit qu'il tue tous les rats et… oh, là, là, s'écria d'une voix chagrine Alice, j'ai grand'peur de l'avoir de nouveau offensée!» Car la souris s'éloignait d'elle en nageant avec l'énergie du désespoir et en soulevant sur son passage une gerbe d'eau.

Alice l'appela donc d'une voix doucereuse : «Souris chérie! Reviens, et nous ne parlerons plus ni de chats ni de chiens, puisque tu ne les aimes pas!» Quand la souris entendit cela, elle fit demi-tour et revint lentement à la nage vers Alice : son visage était tout pâle (de colère, pensa la petite fille), et l'animal dit en tremblant et à voix basse : «Regagnons le rivage; là je vous raconterai mon histoire; vous comprendrez alors pourquoi je déteste les chiens et les chats.»

Lewis Carroll,
Alice sous terre

Le chat du boulevard Raspail

Mardi 29 décembre

Je crois bien que j'ai perdu mon malheureux chat du boulevard Raspail. Voici l'histoire.

Samedi dernier, le 26, j'arrive à midi comme d'habitude pour lui apporter son foie. Etait-ce un pressentiment. Avant même d'apercevoir l'enclos, j'avais l'estomac serré, comme appréhendant quelque chose. Arrivé boulevard Raspail, je vois le chantier ouvert, une grande partie de la clôture levée et là-dedans une demi-douzaine d'ouvriers en train de débarrasser la place de tous les matériaux. Je trouve quand même mon malheureux à sa place habituelle. Je lui donne son foie. Il mange. Pendant ce temps, je vais aux ouvriers, je leur parle du chat, les prie de ne pas lui faire de mal, leur donne une pièce de vingt sous pour boire. L'air de braves gens; ils

m'assurent que la bête ne court aucun risque avec eux. Je vais ensuite demander à un marchand de vins de la rue de Fleurus s'il veut recueillir cet animal. C'est non, il en a déjà un. Mais je trouve là un marchand de vins de la rue de Rennes, qui me dit être prêt à le prendre. Malheureusement, le chat, ayant mangé, ne s'est pas laissé approcher même de moi, et est allé se réfugier en face, dans la remise des cantonniers.

Je suis revenu à deux heures. J'ai distribué quelques cigares aux hommes du chantier. Le chat était toujours dans la remise, qui était ouverte. Il y avait là deux cantonniers ou ouvriers. Je les ai mis au courant, en leur donnant dix sous pour boire. Le chat était derrière des treillages. J'ai été lui poser un peu de foie.

Je suis encore revenu le soir à sept heures, avant de rentrer dîner. Le déblai du chantier était fait à moitié. Toutes les poutres sous lesquelles le chat se logeait avaient été dérangées, mises les unes sur les autres en piles régulières, sans ménager aucune cavité, et le malheureux était là au pied d'un restant de palissade, l'air dépaysé, perdu devant son abri ainsi détruit. J'ai essayé de l'approcher en lui parlant, il s'est enfui dans la remise. Je lui ai encore glissé un peu de foie par morceau et reculant aussitôt. Je suis redescendu à dix heures. Je l'ai appelé, pendant dix bonnes minutes, cherché autour, sans le voir. Malheureuse bête, par le froid qu'il fait depuis trois jours.

Le lendemain dimanche à onze heures je suis allé lui porter du lait chaud, et du foie. Il a bu un peu de lait, mangé le foie, mais toujours aucun moyen de le prendre sous cette porte de remise des cantonniers, laissant juste assez de jour pour passer la main. Le soir à sept heures, en revenant de donner à manger à mes deux habitués du Luxembourg, j'ai acheté un peu de bœuf cuit et suis allé lui glisser sous la porte de la remise. L'ancienne femme de ménage que j'ai rencontrée rue de Fleurus lui a mis aussi des morceaux de mou. Je l'ai appelé sans le voir venir.

Enfin, hier matin lundi, avant d'aller au Mercure, j'ai fait un saut jusqu'au boulevard Raspail. Le mou était encore sous la porte, durci par la gelée. Je suis revenu à midi, avec du foie. Encore rien vu venir à mon appel. J'ai parlé à des hommes du chantier, en offrant encore quelques cigares. Un grand gaillard m'a répondu ceci : «Je l'ai vu hier. Si j'avais su que c'était à vous. Je l'ai même tenu. Il s'était fourré entre des charpentes qui formaient impasse et nous l'avons trouvé en venant pour les enlever. Il s'est très bien laissé prendre. Après, il est parti en face, dans la remise.» [...]

Je suis retourné voir, appeler, chercher partout, à la remise et dans le restant du chantier, à sept heures, avant de rentrer. Rien. Aujourd'hui non plus, aucun résultat à mes recherches, jusque dans les maisons en construction au coin de la rue du Montparnasse, et chez une brave femme de marchande de vins, au coin en face, qui m'a dit nourrir pas mal de chats qui vivent en liberté, sans maître, dans une grande cour qui est là, restant des vieux logis du quartier Montparnasse. Malheureuse bête; juste au moment où je lui avais trouvé une place. Partie ailleurs, morte de froid dans un coin, terrée quelque part et n'osant plus en sortir, ou simplement assommée par un de ces hommes du chantier? Il a fait hier jusqu'à cinq degrés de froid en plein après-midi, et aujourd'hui, il est tombé de la neige sur une épaisseur d'au moins vingt-cinq centimètres, à ce point que je n'ai pas vu l'un de mes protégés du Luxembourg, l'autre réfugié sous la voûte de la maison où j'ai placé un chat chez la concierge. J'irai encore pendant deux ou trois jours voir à la remise. Si je ne le revois plus, il faudra décidément oublier ce malheureux, auquel j'étais déjà attaché.

Paul Léautaud,
Journal

Chien et chat

Toby-Chien, bull, Kiki-la-Doucette, chat des chartreux, Elle et Lui, seigneurs de moindre importance : tels sont les quatre personnages de cette pièce où la parole revient à ces compagnons de l'homme qu'on dit muets.

TOBY-CHIEN, *pensif* : Positivement, il y a des moments où je ne te reconnais plus. On cause tranquillement, et soudain tu te hérisses en rince-bouteilles. On joue gentil, je te jappe au derrière des *ahouahoua* pour rire, et tout d'un coup, on ne sait pas pourquoi, peut-être parce que mon nez a frôlé cette toison qui bouffe en culotte de zouave, te voilà bête sauvage, crachant un souffle qui fume, et qui me charges comme un chien inconnu! Est-ce que cela ne peut pas s'appeler un mauvais caractère?

KIKI-LA-DOUCETTE, *mystérieux, les yeux presque fermés* : Non pas. Un caractère seulement. Un caractère de Chat. C'est en de tels moments irrités que je sens, à n'en pas douter, l'humiliante situation qui nous est faite, à moi et à tous ceux de ma race. Je me souviens d'un temps où des prêtres en longues tuniques de lin nous parlaient courbés et tentaient, timides, de comprendre notre parole chantée. Sache, Chien, que nous n'avons pas changé! Peut-être y a-t-il des jours où je suis plus pareil à moi-même, où tout m'offense justement, un geste brusque, un rire grossier, le fracas d'une porte, ton odeur, l'inconcevable audace que tu as de me toucher, de me cerner de bonds circulaires...

Colette, *Dialogues de bêtes*

Les mystères du nom

Choisir le Nom d'un Chat est une rude affaire,
Non un simple passe-temps pour vos loisirs;
Vous devez penser, pour commencer, que je suis fou à lier
Quand je vous dis qu'un chat doit avoir TROIS NOMS DIFFÉRENTS
Le premier est le nom dont se sert journellement la famille,
Un nom comme Pierre, Auguste, Alonzo ou James,
Un nom comme Victor ou Jonathan, Georges ou Bill Bailey –
Ces noms pratiques pour tous les jours.
Il y a des noms plus fantaisistes si vous pensez qu'ils sonnent plus mélodieusement.
Les uns pour les messieurs, les autres pour les dames :
Tels que Platon, Admète, Electre, Déméter –
Mais tous sont noms pratiques pour tous les jours.
Cependant, je vous le dis, un chat a besoin d'un nom particulier.
D'un nom spécifique et suffisamment solennel,
Sinon, comment pourrait-il dresser sa queue à la verticale
Ou déployer sa moustache, ou entretenir son orgueil?
Des noms de ce genre, je peux vous en donner un échantillon,
Ainsi Munksutrap, Quaxo ou Coricopat,
Ainsi Bombalurina ou encore Geléorum –
Des noms qui n'appartiennent jamais à plus d'un chat.
Mais au-dessus et au-delà, il est encore un nom que j'ai laissé de côté,
et ce nom est un nom que vous n'imagineriez jamais;
Le nom qu'aucune recherche humaine ne parviendra à découvrir –
Mais que SEUL LE CHAT CONNAîT et qu'il n'avouera jamais.
Lorsque vous voyez un chat plongé dans une profonde méditation,
La raison, je vous dis, en est toujours la même :
Son esprit est perdu dans une contemplation sans fond.
A la pensée de la pensée de la pensée de son nom :
Son indicible dicible
Dicindicible
Mystérieux, et indiscernable Nom singulier.

Thomas Stearns Eliot,
«Pour choisir le nom d'un chat»,
Old Possum's Book of Practical Cats

Chats extraterrestres

Randolph Carter, capturé par des marchands pirates, doit être livré à Nyarlathotep, le Chaos Rampant, âme et messager des Autres Dieux; il règne sur un monde peuplé d'esclaves et d'étranges créatures.

Sur une horrible place, une espèce de procession s'était formée : dix choses aux formes de crapaud et vingt-quatre porteurs de torches qui avaient presque forme humaine, onze de chaque côté, un devant et un derrière. Carter fut placé au milieu de l'alignement, cinq êtres aux corps de crapaud devant lui, cinq derrière lui et un porteur de torche, de forme presque humaine de chaque côté.

Certains de ces crapauds sortirent, avec un geste dégoûtant, des flûtes incrustées d'ivoire et en tirèrent des sons répugnants. La colonne se mit en marche sur cette musique infernale, à travers les rues tuilées et gagnant les sombres plaines de champignons obscènes, commença bientôt l'escalade de l'une des basses collines en pente douce qui s'étendaient derrière la ville. Que le Chaos Rampant attendit sur l'une de ces pentes terrifiantes ou sur l'un de ces plateaux blasphématoires, Carter ne pouvait en douter. Il souhaitait que l'angoisse de l'attente finisse vite. Les lamentations de ces flûtes impies lui étaient insupportables et il aurait donné des univers entiers pour un son même à demi normal, mais ces choses n'avaient pas de voix et les esclaves se taisaient.

A travers les ténèbres piquetées d'étoiles lui parvint alors un son normal qui retentit depuis les plus hautes collines et les pics escarpés qui se dressaient alentour. Ce cri fut saisi et renvoyé par l'écho en un chœur qui s'amplifia jusqu'au pandémonium. C'était le miaulement du chat à minuit et Carter comprit alors que les bonnes gens des villages ont raison quand ils racontent à voix basse que les royaumes infernaux ne sont connus que des chats et que les plus vieux d'entre eux s'y rendent la nuit, à la dérobée, en sautant des plus hautes toitures des maisons. En vérité, c'est bien sur le côté sombre de la lune qu'ils vont sauter et gambader dans les collines et converser avec les vieilles ombres. Au milieu de cette colonne de choses fétides, Carter entendit leur miaulement amical et familier et il pensa au chaud foyer, aux toits en pente et aux petites fenêtres éclairées de sa maison.

Randolph Carter connaissait à présent presque parfaitement le langage des chats, aussi dans ce terrible lieu perdu, poussa-t-il le cri qui convenait. Il n'aurait cependant pas eu besoin de le faire car dès qu'il ouvrit la bouche, il comprit que le chœur se rapprochait. Il vit des ombres vives sur les étoiles et de petites formes gracieuses, qui, en rangs serrés, sautaient de colline en colline. L'appel du clan avait été lancé et avant que l'ignoble procession ait eu le temps de s'en effrayer, un nuage de douces fourrures et une phalange de griffes meurtrières était sur elle, comme une marée, comme une tempête. Les flûtes s'arrêtèrent et il y eut des hurlements dans la nuit. Les formes presque humaines criaient en mourant, les chats crachaient, grondaient, mais les êtres aux corps de crapaud n'émettaient aucun son tandis que leur sanie verdâtre et puante se liquéfiait horriblement sur la terre poreuse et les champignons obscènes.

Tant que les torches durèrent ce fut un spectacle hallucinant. Carter jamais auparavant n'avait vu tant de chats. Il y en avait de noirs, de gris, de blancs, de jaunes, de tigrés; il y avait des chats de gouttière, des chats persans, tibétains, angoras, égyptiens, et dans la furie de la bataille planait sur eux une part de ce sacré profond et inviolable qui, autrefois, dans les temples de Bubastis, leur conféra un caractère divin. Ils sautaient par sept à la gorge de l'une de ces créatures presque humaines ou bien au museau rosâtre et aplati de l'un de ces corps de crapaud et les traînaient sauvagement jusque dans la plaine où poussaient les champignons, les assaillaient et dans une bataille furieuse les déchiraient à coups de griffes et de dents frénétiques. Carter avait arraché une torche aux mains d'un esclave abattu mais il fut bientôt débordé par les vagues de ses loyaux défenseurs. Il s'étendit alors dans le noir absolu, écoutant les clameurs de la guerre, les airs des vainqueurs et le doux bruit des pattes de ses amis qui, par-dessus lui, sautaient dans la mêlée.

La terreur et la fatigue lui fermèrent bientôt les yeux, il les rouvrit sur une étrange scène.

Le grand disque brillant de la Terre, treize fois plus grand que celui de la lune telle que nous la voyons, s'était levé, inondant d'une lumière surnaturelle le paysage lunaire. Sur toute l'étendue du plateau sauvage et sur les crêtes déchiquetées s'étendait une mer infinie de chats rangés dans un ordre parfait. Ils étaient disposés en cercles concentriques et deux ou trois chefs sortis des rangs lui léchaient le visage en ronronnant comme pour le consoler. Des crapauds et des esclaves morts il ne restait à peu près plus rien, mais Carter, un peu plus loin, dans l'espace découvert qui les séparait des guerriers, crut voir un os.

Carter conversait à présent avec les chefs dans le doux langage des chats et il apprit bientôt que sa vieille amitié pour leur espèce était bien connue et qu'on en parlait souvent dans ces lieux où se tiennent les assemblées des chats. Sa traversée de l'Ulthar avait été fort remarquée et les vieux chats se souvenaient de la façon dont il les avait caressés après qu'ils eussent surveillé les zoogs en colère qui regardaient méchamment un chaton noir. Ils lui rappelèrent aussi comment il avait accueilli le tout petit chat venu le voir à l'auberge et comment, le matin avant de partir, il lui avait donné une assiette de riche crème. Le grand-père de ce tout petit chat était le chef de l'armée maintenant assemblée. Il avait vu l'infernale procession du sommet d'une colline éloignée, et reconnu le prisonnier, ami juré de son espèce aussi bien sur Terre que dans le pays des rêves.

Un miaulement parvint alors d'un pic éloigné et le vieux chef cessa brusquement de parler. C'était l'un des éclaireurs de l'armée, posté sur la plus haute des montagnes pour surveiller les plus dangereux de tous les ennemis redoutés par les chats de la Terre : les chats énormes et singuliers qui viennent de Saturne et qui, pour certaines raisons, n'ont pas oublié le charme de ce côté sombre de notre lune. Ces chats sont liés par traité aux démoniaques choses à forme de crapauds et sont ouvertement hostiles aux chats terriens; aussi en cette circonstance, leur rencontre aurait-elle été une affaire grave.

Après une brève conversation entre les généraux, les chats se dressèrent et, se rangeant en formations serrées, entourèrent Carter afin de le protéger. Ils se préparaient à faire le grand saut qui, à travers l'espace, les ramènerait sur les hautes toitures du pays terrestre des rêves. Le vieux maréchal conseilla à Carter de se laisser passivement porter par les rangs serrés des sauteurs à fourrure, lui enseigna comment sauter en même temps que les autres

et comment atterrir en douceur quand ils atterriraient. Il lui offrit aussi de le déposer où il voudrait. Carter choisit la cité de Dylath-Leen d'où était partie la noire trirème.

Howard Phillips Lovecraft,
Démons et Merveilles

Humour noir

Lié au mouvement surréaliste, profondément marqué par la guerre d'Espagne, Fernando Arrabal prône une poésie fondée sur l'expression des phantasmes et de la révolte.

Elle souriait et me caressait. Puis elle me mettait dans son lit et je l'observais pendant son sommeil; parfois elle me laissait dormir avec elle toute la nuit.

Quand je ne faisais pas tout ce qu'elle voulait elle me battait avec un martinet. Alors j'allais dormir dans l'autre chambre et j'attendais son retour et ses caresses le lendemain matin.

Un jour, comme je sentais mauvais, elle m'a châtré, et depuis lors, même si elle me met dans son lit et me caresse, je ne peux plus ronronner.

Fernando Arrabal,
«Poème sans titre»,
La Pierre de la folie

La plupart des textes figurant dans ce dossier sont extraits de l'ouvrage de Juliette Raabe, *La Bibliothèque illustrée du chat,* Editions de la Courtille, 1977.

Traditions populaires

C'est au XIXe siècle, grâce à des hommes passionnés comme Arnold Van Gennep ou Pierre Sébillot, que l'on commença à s'intéresser aux traditions orales des provinces de France et d'ailleurs. Leur collecte assidue a permis de rassembler un matériau immense qui montre la permanence jusqu'à nos jours de contes et de légendes immémoriaux.

La femme métamorphosée en chatte

Passionné par la sorcellerie et son folklore, Claude Seignolle a rassemblé dans ses «Evangiles du diable» toutes les légendes qui y ont trait.

Un soir d'hiver, au village de Riais, dans la commune de Bain, de nombreux paysans étaient réunis dans une étable où chacun d'eux racontait une histoire de sorciers, de loups-garous ou de revenants.

Quand ce fut le tour du père Pichard, le bonhomme secoua la cendre de sa pipe éteinte en la frappant sur l'ongle de son pouce et demanda : «Quelle histoire voulez-vous?»

– Le conte de votre chatte, s'écria-t-on de tous côtés.

– Ce n'est point un conte, mes enfants, mais une histoire vraie qui m'a causé *ben* des tourments. Enfin, puisque vous y tenez, *je vas* vous la dire sans *cachemiteries* et sans détours : Au temps où j'allais faire la cour à ma pauvre défunte femme, à la Haute-Chapelle, proche de l'étang de Bain, je revenais ici, nuitamment par le chemin de la *Croix-des-Haies.*

Un soir que j'étais resté plus longtemps que de coutume – j'avais le cœur joyeux alors – je chantonnais en rentrant au logis. Tout à coup, en débouchant d'un chemin creux dans le carrefour de la Croix-des-Haiès, j'aperçus, au pied même de la croix, une grosse chatte blanche qui miaulait tendrement, et qui vint à moi frotter son échine contre mes jambes. Elle me suivit jusqu'aux premières maisons du village, puis elle sauta dans un fossé, et je ne la revis plus.

Les jours suivants, et pendant longtemps, je rencontrai cette bête sur mon chemin. Je m'habituai à son manège et n'y fis plus attention.

Bref, je me mariai, et n'eus plus l'occasion de repasser la nuit par la Croix-des-Haies. J'oubliai la chatte.

Une nuit, après cinq ou six mois de mariage, je me réveillai et fus tout étonné de ne plus trouver ma femme à côté de moi. J'appelai : «Nanon! Nanon!» Point de réponse. J'allumai la chandelle, il n'y avait personne dans la maison; je trouvai ça bien étrange.

Je me rendormis, et le matin, lorsque je me réveillai, ma femme était à mes côtés.

– Où donc es-tu allée cette nuit? lui demandai-je.

– Moi? dit-elle en rougissant; mais elle ne répondit pas.

Je n'insistai pas davantage; mais la nuit suivante, je fis le guet.

A minuit, plus de femme; mais dans la chambre une grosse chatte blanche faisant force *ronron* tout autour du lit.

Un matin que ma femme faisait le ménage, une araignée lui tomba dans le cou. Elle se sauva dans le cabinet pour se déshabiller.

La curiosité me fit regarder par le trou de la serrure et je vis une chose bien surprenante : ma femme avait à la naissance du cou, près de l'épaule gauche, une marque rouge ayant vaguement la forme d'une patte de chat.

J'avais entendu dire que les personnes qui couraient le garou portaient une marque sur le corps.

Or, l'absence de Nanon, la nuit, cette patte de chat sur le dos, ne me laissaient plus aucun doute : ma femme courait le garou!

Je n'en mangeai pas de la journée, et je restai plusieurs jours à errer dans les champs comme un fou.

Je m'enhardis cependant à lui demander ce que c'était que cette marque qu'elle avait dans le dos. Elle ne répondit rien et s'en alla; ses yeux verts et brillants semblaient furieux.

La chatte de la Croix-des-Haies qui venait dans notre chambre la nuit était trop grosse pour passer par le trou au chat, et j'avais bien soin, chaque soir, avant de me coucher, de fermer la porte au verrou; alors, comment s'y prenait-elle pour pénétrer dans notre demeure?

Une nuit, étant encore seul dans mon lit, j'allumai la chandelle et j'attendis la visite de l'animal.

Vers une heure du matin, j'entendis gratter à la porte et bientôt je vis la patte passer par le trou, atteindre le verrou et ouvrir la porte; j'éteignis promptement la lumière.

Le lendemain, j'aiguisai une hache et j'attendis la nuit. Même manège que la veille; mais j'étais là près du trou, la hache au poing, et aussitôt que la patte se fit voir, je frappai de toutes mes forces.

J'entendis un cri horrible, un cri de douleur qui me fait encore frémir, bien qu'il y ait plus de quarante ans de cela.

Nanon fut trois jours sans rentrer au logis, et quand elle y revint, elle avait une main coupée.

La pauvre femme ne sortit plus la nuit et je n'ai jamais revu la chatte de la Croix-des-Haies.

Claude Seignolle,
«La Chatte de la Croix-des-Haies»,
Les Evangiles du diable

Le sabbat des chats

La Haute-Bretagne est par excellence une terre de légendes où sont restées vivantes des traditions ailleurs disparues.

Jadis les chats dont on n'avait point coupé le bout de la queue avaient coutume de s'assembler à jour fixe : on les voyait réunis au clair de lune sur quelque lande déserte, non loin des

Roches-aux-Fées et des Pierres-Debout. Ils délibéraient, graves comme des prêtres à l'église, et personne n'aurait osé passer près d'eux et encore moins les déranger quand ils tenaient leurs réunions plénières. On racontait à la veillée d'étranges et effrayantes histoires où il était arrivé malheur à des gens assez audacieux ou assez fous pour avoir voulu se mêler à leur société : les uns étaient morts subitement, d'autres avaient été si terrifiés de voir tous les chats darder vers eux leurs prunelles brillantes comme des charbons ardents et les regarder d'un air irrité, que leurs cheveux étaient devenus blancs en une nuit, et ils tremblaient encore rien qu'en pensant aux assemblées nocturnes des matous.

Jean Foucault s'en revenait par une belle nuit de la foire où il s'était un peu attardé dans les auberges, parce que le cidre était bon cette année-là. Il était tout joyeux et marchait gaiement en chantant à tue-tête, lorsque, au détour d'un chemin creux, il aperçut tout à coup une nombreuse réunion de chats rangés autour d'une croix de pierre. Il y en avait de toutes les grosseurs, et de toutes les couleurs; à la vue de tous ces matous, la voix du chanteur s'étrangla dans son gosier, et il se mit à trembler comme un bonhomme qui a les fièvres, car les chats poussaient des miaulements irrités, voûtaient leur dos souple où le poil se hérissait, redressaient leur queue et le regardaient avec des yeux qui luisaient dans la nuit.

Sa terreur augmenta encore lorsqu'il vit le plus gros de la bande accourir vers lui : il ferma les yeux, s'attendant à être mis en pièces et récita son acte de contrition. Mais, au lieu de sentir les griffes du chat s'enfoncer dans sa chair, il s'aperçut que l'animal se frottait le long de ses jambes en faisant un ronron joyeux comme s'il avait eu envie d'être caressé. Jean Foucault ouvrit les yeux et reconnut son propre chat qui se mit à marcher devant lui, et qui tantôt le précédait, tantôt revenait vers lui et le caressait avec sa queue.

Quand Jean Foucault arriva avec son conducteur à l'endroit où était l'assemblée, les matous étaient assis tranquillement, car le chat avait dit à haute voix à ses confrères : «Laissez passer Jean Foucault.»

Pierre Sébillot, «Le Sabbat»,
Contes populaires de la Haute-Bretagne

La légende de l'arche de Noé

Si on ne sait d'où Montesquieu tira ce récit, on peut y reconnaître de vieux mythes sur la création des animaux.

Méhémet-Hali, serviteur des prophètes, à Usbek, à Erzeron

Vous nous faites toujours des questions qu'on a faites mille fois à notre saint Prophète. Que ne lisez-vous les *Traditions* des Docteurs? Que n'allez-vous à cette source pure de toute intelligence? Vous trouveriez tous vos doutes résolus.

Malheureux, qui, toujours embarrassés des choses de la Terre, n'avez jamais regardé d'un œil fixe celles du Ciel, et qui révérez la condition des mollaks, sans ni l'embrasser ni la suivre!

Profanes, qui n'entrez jamais dans les secrets de l'Eternel, vos lumières ressemblent aux ténèbres de l'Abîme, et les raisonnements de votre esprit sont comme la poussière que vos pieds font élever lorsque le Soleil est dans son midi, dans le mois ardent de Chahban.

Aussi le zénith de votre esprit ne va pas au nadir de celui du moindre des immaums. Votre vaine philosophie est cet éclair qui annonce l'orage et l'obscurité; vous êtes au milieu de la tempête, et vous errez au gré des vents.

Il est bien facile de répondre à votre difficulté; il ne faut pour cela que vous raconter ce qui arriva un jour à notre saint Prophète, lorsque, tenté par les Chrétiens, éprouvé par les Juifs, il confondit également les uns et les autres.

Le juif Abdias Ibesalon lui demanda pourquoi Dieu avait défendu de manger de la chair de pourceau. «Ce n'est pas sans raison, répondit Mahomet : c'est un animal immonde, et je vais vous en convaincre.» Il fit sur sa main, avec de la boue, la figure d'un homme; il la jeta à terre et lui cria : «Levez-vous!» Sur-le-champ, un homme se leva et dit : «Je suis Japhet, fils de Noé. – Avais-tu les cheveux aussi blancs quand tu es mort? lui dit le saint Prophète. – Non, répondit-il; mais, quand tu m'as réveillé, j'ai cru que le jour du Jugement était venu, et j'ai eu une si grande frayeur que mes cheveux ont blanchi tout à coup.»

«Or çà, raconte-moi, lui dit l'Envoyé de Dieu, toute l'histoire de l'arche de Noé.» Japhet obéit et détailla exactement tout ce qui s'était passé les premiers mois. Après quoi il parla ainsi :

«Nous mîmes les ordures de tous les

animaux dans un côté de l'Arche; ce qui la fit si fort pencher, que nous en eûmes une peur mortelle : surtout nos femmes, qui se lamentaient de la belle manière. Notre père Noé ayant été au conseil de Dieu, il lui commanda de prendre l'éléphant et de lui faire tourner la tête vers le côté qui penchait. Ce grand animal fit tant d'ordures qu'il en naquit un cochon.»

Croyez-vous, Usbek, que, depuis ce temps-là, nous nous en soyons abstenus, et que nous l'ayons regardé comme un animal immonde?

Mais, comme le cochon remuait tous les jours ces ordures, il s'éleva une telle puanteur dans l'Arche, qu'il ne put lui-même s'empêcher d'éternuer, et il sortit de son nez un rat, qui allait rongeant tout ce qui se trouvait devant lui : ce qui devint si insupportable à Noé, qu'il crut qu'il était à propos de consulter Dieu encore. Il lui ordonna de donner au lion un grand coup sur le front, qui éternua aussi et fit sortir de son nez un chat. Croyez-vous que ces animaux soient encore immondes? Que vous en semble?

Quand donc vous n'apercevez pas la raison de l'impureté de certaines choses, c'est que vous en ignorez beaucoup d'autres, et que vous n'avez pas la connaissance de ce qui s'est passé entre Dieu, les Anges et les Hommes. Vous ne savez pas l'histoire de l'éternité. Vous n'avez point lu les livres qui sont écrits au Ciel : ce qui vous en a été révélé n'est qu'une petite partie de la bibliothèque divine, et ceux qui, comme nous, en approchent de plus près tandis qu'ils sont en cette vie, sont encore dans l'obscurité et les ténèbres.

Adieu; Mahomet soit dans votre cœur.

De Com, le dernier de la lune de Chahban, 1711.

Montesquieu,
Lettres persanes, Lettre XVIII

La foire aux chats d'Ypres

Voici un témoignage sur le déroulement d'une festivité flamande remontant au Moyen Age, raconté, en 1847, par A. Dinaux.

Le jour de cette fête était annoncé par les cloches de la ville et par le carillon qui résonnait pendant l'exécution de ce jeu. Les fenêtres de la Grande-Place se trouvaient surchargées de monde; le corps du Magistrat de la commune se plaçait à l'hôtel-de-ville, et la solennité commençait. Voici en quoi elle consistait : des cordes, tendues d'une maison à l'autre, traversaient la place d'Armes à une certaine hauteur. On faisait passer ces cordes dans le creux de pots de terre à deux ouvertures qui ressemblaient assez à des manchons, et qui, dans certains lieux, servent à faire nicher des pigeons. Ces pots, enfilés par les cordes, contenaient chacun un chat, lequel était couvert de faveurs de toutes couleurs dont les bouts pendaient de chaque côté de quelques pouces. Chats et rubans étaient soigneusement renfermés dans le pot suspendu, qui, au premier aperçu, ne laissait rien soupçonner au spectateur étranger. Le milieu de la place restait libre. Les jouteurs, montés sur de petits chars, devaient, au moment où ils passaient rapidement sous les cordes, briser d'un coup de poing le pot de terre et découvrir le chat; dans les courses suivantes, ils tâchaient d'enlever le plus de faveurs possibles du dos du chat resté lié à la corde et défendant ses rubans à coups de griffe. Lorsque tous les chats étaient dépouillés de faveurs, on coupait les cordes et les malheureuses bêtes retrouvaient la liberté en tombant sur la place; elles étaient abandonnées alors aux bras séculiers des gamins qui les

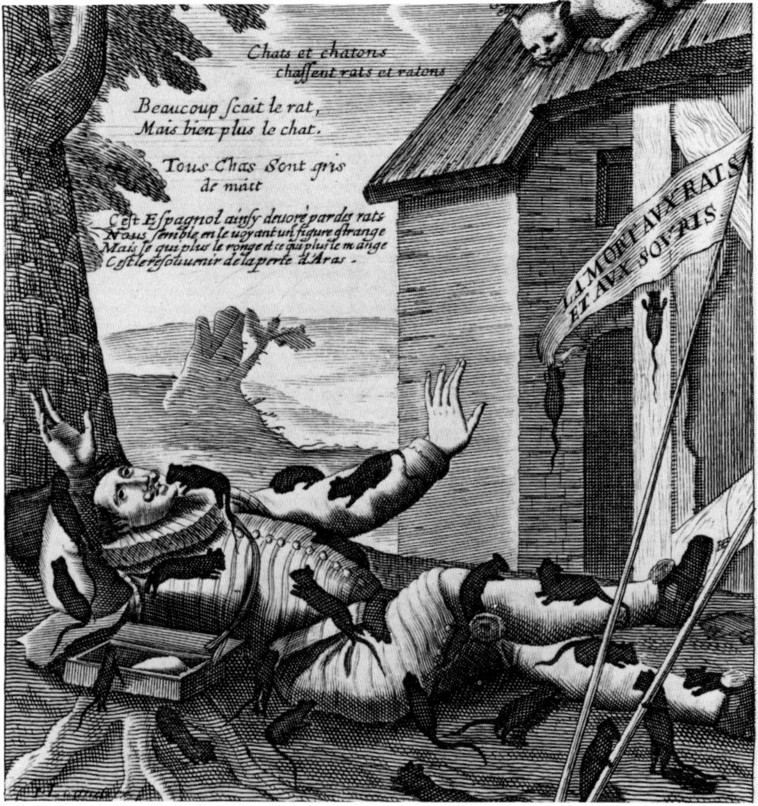

poursuivaient à outrance (l'enfance est impitoyable!) et en faisaient une sorte de curée. Quant aux jouteurs, ceux qui avaient emporté le plus grand nombre de faveurs recevaient les premiers prix et les plus grosses primes. Ils allaient ensuite étancher leurs égratignures et leur soif dans les cabarets voisins. Cette cérémonie, du nom des héros de la fête, s'appelait la *foire aux chats,* et tout s'y passait avec solennité et gravité comme s'il eût été question des jeux Olympiques ou des courses de New-Market. Quand on connaît le goût des Flamands pour toute espèce de divertissement pris dans les vieilles coutumes du pays, on ne s'étonne pas d'apprendre que toutes les populations des grosses communes flamandes de la châtellenie d'Ypres quittaient en masse leurs habitations et laissaient des villages entiers complètement déserts, pour venir à la ville assister à la *foire aux chats*!

A. Dinaux,
«La Foire aux chats à Ypres»,
Archives historiques et littéraires du Nord de la France et du Midi de la Belgique, 2e série, tome 6, 1847

Félix, Tom, Gros Minet et les autres...

Depuis Félix, ce chat qui fut vraisemblablement le plus grand héros du cinéma américain de l'entre-deux-guerres, les créateurs de dessins animés se sont beaucoup intéressés au chat. On leur doit ainsi la naissance de Tom, le facétieux compagnon de Jerry, Gros Minet le méchant mangeur d'oiseaux, Duchesse l'aristochatte ou Fritz le matou dépravé.

Si on posait aujourd'hui la question : Qui a été, entre les deux guerres mondiales, la plus grande vedette du cinéma américain? ceux qui ont vécu cette époque et qui en ont gardé la mémoire répondraient sans doute : Félix le Chat!

Exagération? Certes pas! On ne peut imaginer à quel point la popularité de ce héros de dessin animé a été importante et, surtout, a duré puisqu'elle s'est étendue de 1921 à 1940. Et les directeurs des «salles obscures» ne s'y trompaient pas... Ils n'hésitaient pas à ajouter aux affiches annonçant le grand film : en première partie, un nouveau Félix le Chat.

Otto Messmer a été le créateur de Félix (et non pas Pat Sullivan comme on l'écrit par erreur encore aujourd'hui). Son personnage avait été précédé par Krazy Kat (en français : crazy cat...) dû, lui, au crayon de Georges Herriman. Un chat au sexe indéfini, joueur de guitare, amoureux d'une souris et lui-même objet des assiduités d'un «chien de police» dénommé Offissa Pupp. Ces trois personnages évoluent dans des décors baroques pour ne pas dire loufoques et où la fantaisie la plus débridée est reine.

Chez Félix le Chat, au contraire, l'environnement est souvent dépouillé et l'action se concentre sur un animal toujours drôle – même lorsqu'il échoue dans ses entreprises, malicieux, philosophe, à la bonne humeur communicative. La grande habileté du dessinateur fut de représenter un personnage à mi-chemin entre l'homme et le chat. Un écrivain célèbre l'avait parfaitement compris :

– Félix, a écrit Marcel Brion, n'est pas un chat, c'est *le* chat. Je dirais volontiers que c'est un surchat, car il n'entre dans aucune catégorie du règne animal. Il imite un moment les gestes de l'homme parmi lesquels il passe mais il ne

s'attarde pas chez eux. D'un saut, il atteint le royaume de la fantaisie et il s'y installe. Il a échappé à la réalité du chat; il s'est composé une personnalité extraordinaire… Il devient l'impossible du chat, l'irréel de l'homme… Sa familiarité avec l'exceptionnel ne l'a pas privé de cette admirable qualité : pouvoir s'émerveiller… Félix construit un univers avec deux accessoires seulement, jaillis de lui, signes matériels de ses états d'âme, le point d'exclamation et le point d'interrogation. Il n'en faut pas plus pour édifier un monde.

Que pouvait-on reprocher à ce Félix? Peut-être de rester un solitaire… même s'il lui arrivait de rêver, indifféremment, à une compagne affriolante… ou à un rôti appétissant!

Le couple infernal

La réussite de ce chat de dessin ne devait pas manquer d'inspirer d'autres créations. Et l'une des plus amusantes est celle qui oppose Tom le Chat à Jerry la Souris. Dessiné et animé par Joe Barbara et William Hanna, ce couple bon enfant s'oppose en un duel acharné où, à tout instant, on devine que ces ennemis nés s'entendent comme larrons en foire. Sans doute, Tom ne cesse de poursuivre Jerry dans l'espérance fallacieuse de s'offrir un bon plat. Et il arrive à la capturer, mais on devine qu'une astuce du rongeur ou bien un événement imprévu obligera le chat à lâcher sa proie. Et le public est ravi, puisque dans l'affaire il n'y a, en fin de compte, ni vainqueur, ni vaincu. Il arrive même que les deux adversaires fassent alliance pour vaincre un danger impromptu. On éprouve autant de sympathie pour le chat que pour la souris.

En revanche, avec «Pussy-Cat» les rôles sont moins partagés. Ce petit oiseau, tout jaune de la tête aux pattes, triomphe toujours avec intelligence face à un chat que l'on a voulu stupide et méchant et particulièrement laid. Et ils ne sont guère plus aimables, ces chats que l'on découvre dans «La Belle et le Clochard» ou dans «Cendrillon» où, heureusement, ils ne tiennent que des rôles épisodiques. […]

Aujourd'hui, la réhabilitation du chat paraît établie définitivement ou presque et rares sont les personnes qui le chargent encore de tous les péchés.

Ne vaudrait-il pas mieux, quand on en a l'occasion, le représenter tel qu'il est et non pas tel qu'on a cru, autrefois, l'imaginer? Félix le Chat a beaucoup fait pour rendre son personnage aimable au sens littéral de l'adjectif. Tom et Jerry ont joué dans la même gamme. On voudrait qu'il en fût désormais toujours ainsi.

On pouvait s'étonner de ce que le grand maître du dessin animé, Walt Disney, n'ait pas cherché à situer en bonne place le chat parmi ses animaux favoris. Il paraissait beaucoup plus attiré par le chien à qui il avait offert deux longs métrages : «La Belle et le Clochard» et «Cent et Un Dalmatiens». En réalité il avait dans ses cartons un thème axé sur une aventure féline et il n'entendait la réaliser qu'après l'avoir particulièrement mise au point.

Avant de présenter, en 1970, «Les Aristochats», Walt Disney avait exigé de ses collaborateurs un travail gigantesque. Quelques chiffres le démontrent. Ce long métrage a demandé quatre ans de travail constant. Trente-cinq animateurs créèrent 325 000 dessins et on tourna pour plus de 50 kilomètres de pellicule. On a recommencé le scénario à plusieurs reprises. De nouveaux personnages furent introduits dans l'action alors que d'autres disparaissaient. Lorsqu'enfin on parvint à la version définitive, un des animateurs déclara :

– Avec tout ce qui a été rejeté, on aurait pu faire au moins un second long métrage qui aurait raconté une histoire tout à fait différente!

Des Aristochats au sommet

Sans qu'on put expliquer pourquoi, le film, à sa sortie, n'obtint qu'un succès relativement limité. Oh! on était loin d'un «four», mais on ne gardait pas l'affiche aussi longtemps que pour d'autres productions Disney. Mais, depuis, il a refait surface. On le ressort de façon régulière, notamment lors des fêtes de fin d'année et, en chaque occasion, il attire des foules où l'on compte au moins autant d'adultes que d'enfants.

On comprend que Walt Disney, et plus encore son équipe, ait tenu à soigner chaque séquence lorsqu'on constate que l'argument n'a rien de réellement original. C'est, à l'échelle féline, l'histoire du ver de terre amoureux d'une étoile.

Thomas O' Malley, d'autant plus ver de terre qu'il n'est qu'un vulgaire «gouttière», a été ébloui par la toute blanche Duchesse. Il lui faudra se montrer astucieux et parfois héroïque pour franchir les obstacles dressés par le sombre Edgar et parvenir enfin jusqu'à l'Etoile, c'est-à-dire jusqu'au septième ciel. [...]

De vrais matous

Au-delà de ce thème plutôt rabattu, il faut préciser que, pour la plupart, les scènes sont traitées avec autant d'humour que de mouvement. La séquence, par exemple, de l'orchestre des chats musiciens relève du chef-d'œuvre. Mais, surtout, ici on a traité les chats en chats… Félix multipliait les gestes humains. Tom lui-même est plus souvent sur deux pattes que sur quatre. Dans «Les Aristochats», Duchesse, Thomas O' Malley, les chatons, les copains greffiers sont tous d'authentiques chats. Et on peut croire que si Duchesse était présentée dans une exposition féline, elle serait déclarée hors concours par le jury.

Le dessin animé permet généralement à ses auteurs de pousser très loin la caricature. Mais il peut tout aussi bien rester dans les limites de la vérité sans pour cela décevoir son public. «Les Aristochats» en fournissent une preuve absolue.

Depuis… doit-on s'en féliciter? un autre matou a fait son apparition sur les écrans. Il est né, cela se conçoit, au pays qui a créé les «comics», aux Etats-Unis.

Par opposition, peut-être à Félix, on l'a baptisé Fritz. Il se présente comme un affreux Jojo. Ses pères, Ralph Baskhi et surtout Robert Crumb n'ont pas dessiné dans le tendre… Fritz the Cat charge à grands coups de dents et de griffes tout ce que la bonne morale tente d'apprendre aux humains depuis des millénaires. Il boit comme un trou, couche où bon lui semble et avec qui lui plaît, même si l'élue du moment est sa propre sœur. Il se drogue volontiers, fréquente les boîtes de nuit les plus interlopes. En bref, il est l'image d'un monde en proie à des convulsions intérieures, d'un monde dont la déchéance paraît irrémédiable.

Fritz, l'antihéros

Il est à noter que ce Fritz a vu le jour en 1968, dans une Amérique traumatisée par les retombées de la guerre du Vietnam. Fritz, au fond, c'est le portrait d'un G.I. de retour chez lui, un pauvre ex-soldat paumé, chômeur qui, de son aventure indochinoise, n'a retenu que l'enfer. Alors, il fait l'amour et plus la guerre. Et si, par hasard, il lui arrive de rire… il rit jaune!

Fritz a-t-il fait honte finalement à son créateur? Il sera embauché par la C.I.A. qui l'enverra en Chine espionner les rats jaunes… c'est-à-dire les sujets du grand chat Mao. Et, ensuite, pas de fin sacrée à la manière des «Aristochats». Fritz the Cat sera tué d'un coup de pic à glace par une «vieille peau» qu'il avait abandonnée… Ce qui, après tout, est une fin moralisante pour un tel personnage!

On dira qu'après tout ce Fritz dévergondé relève d'une certaine poésie, qu'il ne s'écarte guère d'une réalité difficilement contestable. […] Mais laissons ici les phrases toutes faites pour indiquer, simplement, que Fritz the Cat est un dessin animé pour adultes avertis.

Claude Sardeau,
Atout-Chat,
septembre 1985

BIBLIOGRAPHIE

Généralités

- Barat M., *Les Chats et les hommes,* Fasquelle, 1949.
- Barnay G. et Poirier S., *Les Secrets du chat sacré de Birmanie,* Paris, 1990.
- Champfleury, *Les Chats : histoire, mœurs, observations, anecdotes,* Rotschild, 1869.
- Clutton Brock J., *British Museum Book of Cats,* British Museum, 1985.
- Dale-Green, *Cult of the Cat,* Londres, Melbourne, Toronto, Heinemann, 1963.
- Darnton, Robert, *Le Grand Massacre des chats,* Paris, R. Laffont, 1984.
- Delort R., «L'Etrange Destin des chats», *L'Histoire,* n° 57, 1983. *Les animaux ont une histoire,* Seuil, 1984.
- Finbert E. J., *Histoires de chats,* 1954.
- Héran F., «Comme chiens et chats : structure et genèse d'un conflit culturel», *Ethnologie française,* XVIII, 1988.
- Landrin A., *Le Chat : zoologie, origine, historique, mœurs…,* Paris, 1894.
- Mégnin P., *Notre ami le chat,* Rotschild, 1899.
- Méry F., *Le Chat, sa vie, son histoire, sa magie,* Paris, 1966.
- Michelet Mme J., *Les Chats,* 1904.
- Moncrif, Paradis de, *Les Chats,* 1727.
- Raabe J., *La Bibliothèque illustrée du chat,* La Courtille, 1977.
- Sayer A., *Encyclopédie du chat,* CIL, 1985.
- Simonnet J., *Le Chat des chartreux,* Paris, 1980.
- Toussenel A., *L'Esprit des bêtes,* Dentu, 1858.
- *Homme, animal, société,* tome III, *Histoire et animal,* 2 vol., Presses de l'Institut politique de Toulouse, 1989.
- «Le Chat», *Ethnozootechnie,* n° 40, 1987.
- *Les Chats des pharaons,* exposition, Institut des Sciences naturelles de Belgique, Bruxelles (oct. 1989-fév. 1990).

Zoologie

- Aldrovandi U., *Monstrorum historia,* Bologne, 1642. *De quadrupedibus,* Bologne, 1637.
- Buffon et Daubenton, *Histoire naturelle complète,* 44 vol., 1749-1804. *Histoire naturelle,* revu par Sonnini, 127 vol., 1808. *Histoire naturelle,* revu par Cuvier, 36 vol., 1825-1826.
- Digard J.-P., *L'Homme et les animaux domestiques : anthropologie d'une passion,* Fayard, 1990.
- Gautier A., *La Domestication : et Dieu créa l'animal,* Errance, 1990.
- Gesner C., *Historia animalium. De quadrupedibus,* Zurich, 1555.
- Pocock R. I., *Catalogue of the genus felis,* Londres, 1951.
- Poplin F., «Buffon, Pasumot et le sommeil paradoxal du chat», à paraître dans *Mémoires de l'Académie des sciences de Dijon,* tome 130.
- Temminck C. J., *Monographies de mammologie,* 2 vol., 1827.
- Thévenin R., *Origines des animaux domestiques,* PUF, 1947.
- Zeuner F. E., *A History of Domesticated Animals,* Londres, 1963.

Histoire

Le chat en Egypte et dans l'Antiquité

- Baldwin J. A., «Notes and Speculations on the Domestication of the Cat in Egypt», *Anthropos,* n° 70, 1975.
- Keller O., *Die Antike Tierwelt,* 2 vol., Hildesheim, 1963.
- Prieur J., *Les Animaux sacrés dans l'Antiquité : art et religion du monde méditerranéen,* Ouest France Univ., 1988.
- Toynbee J. M. C., *Animals in Roman Life and Art,* Cornell University Press, New York, 1973.
- «Le Louvre présente au Muséum d'histoire naturelle de Lyon : Les Animaux dans l'Egypte ancienne», exposition, Lyon, 1978.
- «Les Chats des pharaons : 4000 ans de divinité féline», exposition, Institut royal des sciences naturelles de Belgique, 1990.

Le Moyen Age

- Gaignebet C. et Lajoux J.-D., *Art profane et religion populaire au Moyen Age,* PUF, 1985.
- «Le Monde animal et ses représentations au Moyen Age», colloque,Toulouse, 1985.
- *Les Evangiles des quenouilles,* traduit et présenté par J. Lacarrière, Paris, Imago, 1987.
- *L'Uomo di fronte al mondo animale,* Settimane di studio del centro italiano di studi sull'alto medioevo, XXXI (7-13 avr. 1983), Spolète, 1985.

L'époque moderne

- Thomas K., *Dans le jardin de la nature : la mutation des sensibilités en Angleterre à l'époque moderne,* Gallimard, 1985.

Le chat dans le folklore

- Rolland E., *Faune populaire de la France,* tome IV, *Les Mammifères,* Paris, 1881.

- Sébillot P., *Le Folklore de la France,* 4 vol., Paris, 1968.

Sur la sorcellerie

- Bodin J., *La Démonomanie des sorciers,* Paris, 1581.
- Cohn N., *Démonolâtrie et sorcellerie au Moyen Age,* Paris, 1982.
- Collin de Plancy, *Dictionnaire infernal,* 3 vol., Paris, 1825.
- Grillot de Givry, *Le Musée des sorciers, mages et alchimistes,* Paris, 1966.
- Institor H. et Sprenger J., *Le Marteau des sorcières,* Paris, Danet, 1973.
- Spina B., *Quaestio de strigibus,* Rome, 1576.

Iconographie

Buisson D., *Le Chat vu par les peintres,* Vilo, 1988.
Foucart-Walter E. et Rosenberg P., *Le Chat et la palette,* Adam Biro, 1987.

TABLE DES ILLUSTRATIONS

COUVERTURE

OUVERTURE

CHAPITRE I

CHAPITRE II

sans doute de la tombe de la reine Sobkemsaf à Edfu, 1650 av. J.-C. British Museum.
36-37h Papyrus satirique, chat conduisant un troupeau d'oies, Egypte, 1500-1200 av. J.-C. *Idem.*
37bg Vase grec avec peinture représentant Peitho et sans doute Aphrodite assise tenant un pigeon qu'un chat essaie d'attraper, VIe s. av. J.-C. *Idem.*
37bd Cercueil de chat en bois, Egypte, époque romaine. Louvre.
38h-38b Mosaïque provenant de Pompéi, maison de Cicéron. Musée archéologique, Naples.
39h Sistre de bronze surmonté d'une chatte, mis au jour dans les ruines de Glanum. Musée archéologique, Saint-Rémy-de-Provence.
39b Pied de table trouvé au mont Auxois. Musée d'Alésia, Alise-Sainte-Reine.
40h Empreinte d'une patte de chat trouvée sur une tuile romaine à Silchester. Reading Museum and Art Gallery.
40b La boutique du marchand de chats sur le quai d'un port chinois, dessin d'un voyageur européen, XVIIIe s.
41 Miniature indienne, XIXe s. Coll. part.
42 Femme poursuivant un chat qui s'enfuit avec un perroquet, miniature indienne de Kangra. Victoria and Albert Museum, Londres.
43 Mère et enfant avec chat, estampe de K. Utamaro. British Museum.

CHAPITRE III

44 Scène de Création, bestiaire, v. 1210, ms Ashmole 1511. Bodleian Library, Oxford.
45 Vignette avec trois chats et un rat, *Harleian Bestiary,* XIIIe s. British Library, Londres.
46 Série de chats sauvages, in *Le Livre de la chasse* de G. Phebus de Foix, XIVe-XVe s., ms français 616. Bibl. nat.
47h Chat tenant dans sa gueule un rat, miniature du XIIe s., ms New College.
47b Chat et souris, miniature, Luttrell Psalter, 1330. British Library.
48 *Le Jardin des délices,* peinture de J. Bosch. Musée du Prado, Madrid.
49g Le siège de Liège par le duc de Bourgogne, in *Mémoires de Philippe de Commines,* XVIe s. Musée Dobrée, Nantes.
49d Tête de chat, *Lindisfarme Gospels.* British Library.
50 Carte d'Angleterre, v. 1250, par Mathieu de Paris. British Museum.
51h *Histoire de saint Benoît.* Monte Oliveto Maggiore.
51b *La Cène* de P. Lorenzetti (détail). Basilique de Saint-François, Assise.
52h Banquet, in *Moralia in Job* de saint Grégoire, fin XIIe s. ms latin 15675. Bibl. nat.
52bg Chat habillé d'un manteau monastique, in *Heures à l'usage de Rouen,* XVe s, ms latin 1178. *Idem.*
52bd R. Witington et son chat, gravure de R. Elstruck, 1580. British Museum.
53h «Le Chat botté», in *Les Contes de Perrault* illustrés par G. Doré, 1862. Bibl. nat.
53b Trois chats dans un médaillon, bestiaire, vers 1210, ms Ashmole 1511. Bodleian Library.
54h «Attacher un grelot au cou du chat», *Les Proverbes* de Brueghel l'Ancien. Staatliche Museen Preussischer Kulturbesitz, Berlin.
54b *Der Edelstein,* peinture d'U. Böner, 1461. Bibl. nat.
55 Ceinture de chasteté, gravure anonyme. *Idem.*
56 *L'Annonciation,* peinture de L. Lotto, v. 1527. Pinacothèque communale, Recanati.
57h Juive mise à la question par combats de chats dans sa culotte, aquarelle d'A. Müller, in *Supplices des mahométans,* 1830. Bibl. nat.
57b «Février», in *Les Riches Heures du duc de Berry.* Musée Condé, Chantilly.
58-59 *Cène,* peinture de D. Ghirlandaio. San Marco, Florence.
60h «Si le chat se tient sur le seuil», pronostic en fonction du signe zodiacal, ms pal. lat. 1196. Bibliothèque vaticane, Rome.
60b «Le Miroir est le vray cul du diable», gravure. Bibl. nat.
61 «Lorgner entre ses doigts sa femme aux biens d'un autre», in *La Nef des fous* de S. Brant, 1529. *Idem.*
62h Adoration d'un chat diable, médaillon de Bible moralisée, 1re moitié du XIIe s., codex vindobonensis 2554. *Idem.*
62b Gravure sur bois, in *Von dem grossen lutherischen Narren* de T. Murner, 1522. *Idem.*
63h L'hommage au diable, frontispice pour la traduction française du *Tractatus contra sectam Valdensium* de J. Tinctor, miniature flamande du XVe s., ms français 967. *Idem.*
63b Figure de Baël d'après Jarrault, in *Dictionnaire infernal* de Collin de Plancy, 1863. *Idem.*
64-65h Vignettes de bestiaire, Angleterre, XIIIe s., ms latin 3630. *Idem.*
65b Chat tenant dans ses pattes un rat, in *Heures à l'usage de Rouen,* XVe s., ms latin 1178. *Idem.*
66-71 Miniatures, in *Heures à l'usage de Paris,* fin XVe s, ms latin 1393. *Idem.*

CHAPITRE IV

72 *La Tireuse de cartes,* peinture de C. Dondey, v. 1813. Musée des Beaux-Arts, Dijon.
73 «Céans l'on prend pensionnaires...»,

CHAPITRE V

CHAPITRE VI

TÉMOIGNAGES ET DOCUMENTS

INDEX

A - B

C - D

E - F

G - H

I - J - K

L - M

CRÉDITS PHOTOGRAPHIQUES

ACR Editions 92. Archiv für Kunst und Geschichte, Berlin 26, 112, 124. Artephot/Babey 30g. Artephot/Held 28. Artephot/Hinz 102. Artephot/Nimatallah 56, 100-101. Artephot/Oronoz 48. Bibliothèque du Muséum d'histoire naturelle 15b, 18, 19h, 19b, 20h, 20m, 20b, 21h, 21m, 21b, 22, 23h, 109b. Bibliothèque nationale 4e de couv., 14, 16-17, 46, 52h, 52bg, 53h, 54b, 55, 57h, 60b, 61, 62h, 62b, 63h, 63b, 64-65h, 65b, 66, 67, 68, 69, 70, 71, 73, 74b, 75, 80, 81h, 87h, 87m, 87b, 88b, 89h, 89b, 99, 103h, 103b, 104b, 105h, 106, 111, 114, 115b, 129, 130, 144, 149. Bodleian Library, Oxford 44, 53b. Bridgeman Art Library, Londres 34-35. British Library, Londres 45, 47b, 49d, 82-83. British Museum, Londres dos, 33d, 36b, 36-37h, 37bg, 43, 50, 52bd, 85b, 94-95. Broutin, Christian 1re de couv. Bulloz 15h, 98. Charmet, Jean-Loup 93h. Cogis/Lanceau 125b. Dagli Orti 25h, 38h, 38b, 39b. D. R. 1-9, 40h, 60h, 81b, 85h, 90-91, 108-109h, 113h, 123h, 132, 134, 135, 143, 146, 147, 150, 151h, 151b, 152, 153. Edimédia 47h, 93b, 140. Explorer 107b, 122b, 127b. Explorer/Goudouneix 127h. Explorer/Lenars 32. Explorer/Tehel 28-29b. Giraudon 24b, 25b, 49g, 57b, 77h, 77b, 108b, 110, 122h. Hansmann, Munich 13, 17h, 23b, 24h, 27, 74h, 116-117, 118-119, 120-121. Hansmann, Stockdorf 76, 105b. Jacana/Labat 137. Kunsthistorisches Museum, Vienne 88h. Mary Evans Picture Library, Londres 40b, 104h. Michaud, Roland 41. Musée archéologique, Saint-Rémy-de-Provence 39h. Musée des Beaux-Arts, Dijon 72. Musée des Beaux-Arts, Nantes 84. Musée de la Publicité 113b, 115h, 123bg, 123bd, 128. Musée national, Stockholm 78-79. Rapho/Brake 29h. Rapho/Doisneau 138. Rapho/Gloaguen 125h. Rapho/Windenberger 126. Réunion des Musées nationaux 12, 30d, 31h, 31b, 33g, 37bd, 86, 97. Scala, Florence 51h, 51b, 58-59, 96, 107h. Staatliche Museen Preussischer Kulturbesitz, Berlin 54h. Tapabor 11. Victoria and Albert Museum, Londres 42.

COLLABORATEURS EXTÉRIEURS

Iconographie : Diane d'Ormesson.
Maquette : Catherine Le Troquier.
Lecture-correction : Béatrice Peyret-Vignals.

Table des matières